KB238018

〈 전생의 구남친들 〉

전생의 구남친들

설이언 장편소설

한끼
Hān kī

목차

1
인연의
소실점

　시야가 흐려지고 알코올 냄새가 올라왔다. 취기의 정점이었다. 서재는 걷기를 포기하고 잔디밭에 주저앉았다. 정확히는 거의 쓰러지다시피 널브러졌다. 그 바람에 주머니에 있던 핸드폰이 바닥에 나뒹굴었다. 그녀는 한숨을 쉬고는 핸드폰을 집어 들었다. 비가 와서인지 핸드폰의 온기조차 위안이 되었다. 하지만 그것만으로는 부족했다. 역시 쇼핑이 좋겠지.

　엉망인 기분에는 스스로에게 주는 선물이 명약이었다. 그녀는 싸구려 수분크림 대신 고가의 에멀션을 주문하고 핸드폰을 닫았다. 어제까지만 해도 살 수 없는 물건이었다. 데이트를 하려면 용돈을 아껴 써야 했으니까. 하지만 이제는 괜찮았다. 이제 곧 그깟 놈을 뻥 차 버리고 나면 그녀는 부자였다.

그녀는 무언가에 꽂히면 열성을 다하는 성미였다. 연애도 예외는 아니었다. 바쁜 시간을 최대한 쪼개 상대와 함께했고, 있는 돈 없는 돈 긁어모아 그를 기쁘게 하는 데 썼다. 하지만 그가 사랑할 가치가 없는 사람이라는 걸 깨달은 순간, 열정은 눈 녹듯 사라지고 후회와 자괴감이 밀려들었다. 귀여운 연하남은 환영이지만 먹여 살려야 하는 응석받이는 질색이었다.

"남자 따위 정말 싫어."

서재는 혀 꼬부라진 소리로 중얼거렸다. 쇼핑을 마치고 나니 갑자기 허탈함이 몰려왔다. 슬프지 않다는 사실에 화가 났다. 이제 막 연인을 떠나보내려는데 눈물 한 방울조차 나오지 않다니. 반년이나 지속했던 연애가 참으로 하찮게 느껴졌다. 사랑할 가치가 없는 남자에게 모든 걸 쏟았던 스스로가 한심했다.

"난 이제 나만 사랑할 거야."

혹시라도 까먹을까 봐 같은 말을 세 번이나 외쳤다. 남자들을 위해 시간과 에너지를 소비하느니 자신에게 집중하는 편이 옳다. 수백 년이나 반복해 온 '다시는 연애 따위 하지 않을 거야'라는 다짐에도 왜 결국 누군가와 사귀고 헤어지기를 반복하는 걸까. 정말 알 수 없는 노릇이었다.

서재는 다시 핸드폰을 들었다. 그리고 이제 과거의 인연이 되어 버릴 그에게 짧은 결별 메시지를 보냈다.

헤어져.

곧바로 전화벨이 울렸다. 받을까 말까. 내가 아는 넌 통화하는 시간조차 아까운 자식인데, 멍청하게도 난 왜 그리 오래 집착했을까. 그녀가 스스로를 나무라는 사이에도 핸드폰은 상대의 초조함을 알리느라 몸을 떨었다. 그 반복적인 재촉에 서재는 돌연 마음을 돌려 전화를 받았다.

"여보세요."

차가운 기계 너머 그의 목소리는 따뜻했다. 하지만 식어 버린 그녀의 마음을 다시 달구지는 못했다. 여전히 그는 일말의 창의성조차 없었다. 수십 번의 시도 끝에 겨우 변론의 기회를 얻었는데 흔하디흔한 '여보세요'로 날려 버리다니. 급한 용건일수록 화법은 두괄식이 좋다는 걸 알려 주고 싶었다. 그러나 이제 와서는 그가 부족한 사람이라 해도 상관없었다. 너와는 정말로 끝이니까.

서재는 구차하게 매달리는 그에게 이별 통보의 이유를 수십 가지 정도 늘어놓았다. 그러나 그의 변명에 답하는 사이 수십 가지였던 관계 파탄의 원인은 수백 가지로 늘어났다. 질척이는 그의 모습을 보자니 5박 6일간 합숙을 해도 그가 싫어진 이유를 다 설명할 수 없을 것 같았다. 연애의 시작은 늘 사소하지만 그 끝은 언제나 창대하다. 반해 버리는 것은 순간이지만 끝맺음에는 무한한 에너지가 소모된다.

"넌 절대 못 믿을걸? 난 전생을 기억해. 웃겨? 나는 네가 더 웃겨. 넌 끝까지 내가 어떤 사람인지도 몰랐잖아? 다시 말해 줄까? 있잖아, 난 내가 사랑했던 모든 남자들을 기억해. 목숨이 아깝지 않다는 감정이 뭔지 아직도 생생해. 숨소리도, 체온도, 살냄새도 아직까지 또렷하다고. 근데 그거 알아? 난 이제 누구도 사랑하지 않을 거야. 특히 너 따위는 절대 사랑하지 않을 거야. 난 그냥 나만 사랑할 거야."

서재는 상대가 믿건 말건 악을 쓰고는 전화를 끊어 버렸다. 그와 사귀는 동안 선의의 거짓말, 혹은 귀찮음에서 기인한 사소한 거짓말을 하고는 했지만 이번만큼은 정말 한 마디도 빠짐없이 진실만 말했다. 그러나 그는 결코 그녀의 말을 믿지 않을 것이다. 그저 술기운이 머리 꼭대기까지 올라와 아무 말이나 지껄이는 거라 생각하겠지. 운이 나쁘다면 이별 통보를 술 주정쯤으로 치부하고 아무 일 없다는 듯 다시 끌어안고 애교를 떨며 뽀뽀를 해 댈지도 몰랐다. 우스운 것은 그와의 키스를 떠올리자 뜨거운 무언가가 울컥 솟구쳤다. 그리움인가? 아니, 구역감이다! 맙소사.

서재는 밀려오는 구토를 누르며 근처 화장실로 달려갔다. 변기통을 부여잡자 비참함이 올라왔다. 겨우 그런 자식이랑 연애했다니. 낡은 변기통이 꼭 그놈과 허비한 시간 같아 속이 울렁댔다. 서재는 그 기억을 떨치려 최선을 다해 속을 게워 냈다. 그렇게 한껏 쏟아 내고 물 양치까지 마치자 기분이 말끔해졌다. 하지만 후련한 마음은 오래가지 못했다.

헤어지자는 말은 선전포고일 뿐이다. 그 말을 던졌다고 좋아했던 감정이 말끔하게 사라지지는 않는다. 심지어 이별 통보 이후 그리움이 더해지는 경우도 흔하다. 지금처럼 말이다. 서재는 못나 빠진 그가 보고 싶어 엉엉 울었다. 하지만 그는 지워야 할 존재였다. 그녀는 종종 자신을 돌보는 가장 낭만적인 방법으로 연애를 꼽고는 했다. 그러나 찌질한 그는 그녀에게 유해했다. 그를 지우는 것이 인생에 이롭다는 뜻이다.

서재는 남이 아닌 자신을 돌보는 데 에너지를 쓰는 것이 훨씬 가치 있는 일이라며 스스로를 달랬다. 달라질 가망이 없는 상대를 위해 잔소리를 늘어놓는 것은 시간 낭비였다. 끊으라는 담배를 계속 피우고, 약속 시간에 늦고, 연락이 두절된다면 잔소리를 할 것이 아니라 이별하는 게 옳았다. 그녀는 사랑할 수 있는 시간의 유한함을 알고 있었다. 그 소중한 시간을 망가진 상대를 복구하는 데 쓰고 싶지 않았다. 첫 키스를 할 때마저 욕구에만 충실한 남자는 질색이었다. 서재가 사랑했던 남자들은 그녀의 머리카락 한 올까지도 아껴 주었는데.

가슴이 텅 비다 못해 시려 왔다. 그를 보내는 일이 이렇게 아픈 걸까? 아니다. 서재는 그저 사랑에 빠지고 싶었을 뿐이다. 모자란 그가 아닌 사랑할 가치가 있는 누군가가 필요했다. 온 마음을 다해 지켜 주고 싶은 사람이 그리웠다. 오늘 밤에도 소설을 써야 할까?

서재는 옛 연인들이 그리울 때마다 소설을 썼다. 지나간 사랑을 추억하는 방식이었다. 누가 읽어 주지 않아도 상관없었다. 다만 휘발되어 버린 시간을 되살려 두고 싶었다. 하지만 그는 그녀가 온 마음으로 사랑했던 남자들과는 비교도 안 될 만큼 하찮은 존재에 불과했다. 그의 이야기는 절대로 쓰지 않을 것이다.

서재가 첫 소설을 쓴 것은 고등학교 1학년 여름방학 때였다. 그 전까지 그녀는 평범한 소녀에 불과했지만 파도에 쓸려 생사의 기로를 넘나든 뒤 완전히 다른 삶을 살게 되었다. 물에 빠진 그녀에게 전생의 기억이 스며든 것이다. 서재는 그 순간을 또렷하게 기억했다. 수심이 깊어질수록 희미해진 의식 사이로 낯선 기억이 끼어들었다. 마치 빠져 있던 퍼즐 조각을 맞추는 것과 같았다. 그러다 호흡이 잦아들고 정신을 완전히 잃을 때쯤 어떤 잔상에 사로잡혔다. 한 남자가 보였다. 처음에는 살고 싶어서 그에게로 헤엄쳐 갔다. 그런데 가까이 갈수록 파도보다 거센 감정이 그녀를 흔들어 댔다. 열망, 아련함, 연민, 분노. 심장이 강하게 요동쳤다. 그의 이름이 떠올랐다. 하현달.

그는 전생에 그녀가 사랑하던 남자였다. 그를 잡고 싶어 발버둥을 쳤다. 그사이 다른 잔상이 모여들었다. 임수안, 이학평, 마누엘, 이영호. 그 외에도 많은 남자들이 떠오르다가 흩어졌다. 모두 다른 시기에 사랑하던 이들이었다. 물에서 나가야 살 수 있었지만 서재는 그럴 수 없었다. 그들이 물속에 있었다. 그들에 대한 기억을 모두 찾고 싶었다. 가족들은 그녀가 사흘간 의식을 잃은 줄 알았지만 실상은 달랐다. 그녀는 무의

식을 헤엄치며 전생의 연인들을 찾아냈고 추억의 조각을 하나씩 모았다.

그 일 이후 서재는 가슴앓이를 하느라 공부에 집중하지 못했다. 덕분에 고3 방학마다 기숙학원을 다녔지만, 힘들지 않았다. 과거의 시간을 떠올리는 것만으로도 현재의 고단함을 잊을 수 있었으니까. 그녀는 전생에 대한 기억이 떠오를 때마다 자신이 느꼈던 감정들이 아까워 글로 옮겨 놓았다. 자신보다 더 사랑했던 사람들과의 시간은 하나도 잊고 싶지 않을 만큼 소중했다.

임수안. 불현듯 그의 이름이 떠올랐다. 한 세기 전에 헤어진 그가 지금 이 순간 사무치게 보고 싶었다. 볼 수 없는 사람이 그리워지니 머릿속이 빙빙 돌았다. 실은 술기운이겠지만. 서재는 취기를 이기지 못하고 잔디밭에 드러누웠다. 젖은 풀 냄새가 코끝에 스몄다. 수안의 품에서도 이런 향기가 났었다.

자꾸만 감기는 눈꺼풀 사이로 가로등 불빛이 쏟아져 들어왔다. 기시감이 느껴지는 눈부심, 언제였더라? 서재는 기억을 떠올리려 눈을 감았다. 380년 전 그녀의 마음을 달구던 그의 검은 피부가 떠올랐다. 사무치는 그리움에 눈을 떴지만 지독한 빛이 시야를 가렸다. 반사적으로 질끈 눈을 감자 이번에는 다른 상이 맺혔다. 100여 년 전 그녀를 바라보던 또 다른 눈망울이 또렷했다. 서재는 그를 붙잡으려 허공에 손을 뻗은 채 일어서려다가 앞으로 고꾸라졌다. 땅은 차가웠고 두 남자는 모두 사라졌다. 서재는 까진 무릎을 매만지며 일어섰다.

"100여 년 전에 우리는, 380년 전에 너와 나는…."

서재는 혼자만 아는 이야기를 중얼대며 걸었다. 이내 젖은 흙의 냄새가 콧속으로 훅 밀려들었다. 또 넘어졌구나. 서재는 일어서기를 체념하고 잔디밭에 몸을 맡겼다. 숨을 들이쉬자 묘한 향이 느껴졌다. 불에 태운 뒤 재로 남은 고목의 냄새, 그녀가 사랑하는 이들에게 배어 있던 특유의 베이스노트였다.

정확히 누구에 관한 기억일까? 서재는 손끝으로 젖은 흙을 매만졌다. 100여 년 전 그의 코트 자락에 배어 있던 연필심 냄새가 떠올랐다. 머리카락을 적시는 빗방울에서는 380년 전 그의 어깨에 내려앉던 소낙비의 내음이 났다. 서재는 울고 싶었다. 이제 막 헤어진, 찌질하기 짝이 없는 그 녀석이 그리워서인지, 다시는 만날 길이 없는 전생의 남자들이 보고 싶어서인지는 알 수 없었다.

"보고 싶어. 보고 싶어서 죽을 것 같다고."

너무 서러웠다. 이유 따위를 헤아릴 겨를도 없을 만큼. 결국 서재는 소리 내어 울었다. 그때였다. 누군가 그녀의 몸을 안아 일으켰다. 그녀는 온기가 반가워 알지도 못하는 이의 품에 몸을 묻었다.

"괜찮아?"

차가운 공기를 더운 목소리가 감싸안았다. 잘 익은 사과를 베어 문 듯 달콤한 음성, 누구였더라? 너무 울어 대서 눈이 부은 탓인지 취기 때문인지는 알 수 없었으나 남자의 얼굴은 보이지 않았다. 그저 기억 속에서 한 번도 떠난 적 없던 체취가 풍겨 올 뿐이었다. 믿기지 않는 재회였다. 서재는 그리움의 크기만큼 힘껏 상대를 끌어안았다.

"부드럽고, 말랑하고, 축축하고. 안 까먹었어요. 다 기억해요."

서재는 그렇게 말하고는 자신을 일으킨 상대에게 입을 맞추었다. 입술이 굳어 있다. 당황한 걸까? 양손으로 보이지도 않는 뺨을 감싸 쥐고 다시 입술을 포갰다. 잠시였지만 뜨거운 숨결이 느껴졌다. 그의 표정이 궁금해 흐린 초점을 맞추려 눈을 가늘게 떠 보았다. 그러나 허둥대는 움직임만 겨우 보일 뿐이었다. 뭔가를 급히 찾는 듯했다. 뭘 찾는 거지? 빗소리 너머에서 발신음이 울렸다. 어딘가에 전화를 거는 모양이었다.

"여기 취객이 있는데요."

낯선 목소리. 그런데 친근하다. 왜지? 감겨 오는 향기 때문일까? 서재는 정신이 가물거리는 와중에도 필사적으로 후각에 집중했다. 가죽, 백단, 오렌지, 나무껍질의 향기가 그의 숨결에 엉켜 고유한 향을 발산하고 있었다. 이 남자는 누구지? 진즉 품었어야 할 의문에 이제 막 물음표를 던진 채로 그녀는 정신을 잃었다.

서재는 90도로 허리를 숙여 정중히 사죄하고는 경찰서를 나왔다. 비록 시체처럼 뻗어 잠만 잤다고는 하나 술에 만취한 성인을 들어 옮기는 일은 결코 쉽지 않았을 것이다. 나오기 직전 최초 신고자에 대해 물어보았지만 답은 듣지 못했다. 하긴, 취객을 신고하면서 신원을 밝히는 이는 흔치 않겠지.

보편적인 경우라면 사례를 하기 위해 물어보았겠지만 서재의 경우는 달랐다. 다른 기억은 흐렸지만 함께 나눈 키스만큼은 또렷했다. 뜨겁게 오고 가던 호흡과 혀끝에 감겨 오던 날것의 감각은 아직까지 그녀의 촉각을 예민하게 달구고 있었다. 감정 또한 생생했다. 마음에 품고도 긴 시간 이별해야 했던 이를 다시는 절대 놓치지 않을 거라는 강렬한 의지가 폭풍처럼 그녀를 휘감았었다. '누군지는 모르지만' 분명 꼭 만나야 할 상대였다. 무슨 수를 써서라도 찾아야 했다.

단순히 키스 상대를 찾는 문제가 아니었다. 아직도 가슴을 달구는 그의 향기를 확인하고 싶었다. 서재가 사랑했던 남자들에게서는 같은 향기가 났다. 향수로 치면 베이스노트가 같았다. 시대별로 다른 미들노트와 탑노트를 풍기곤 했지만 말이다. 믿기 힘들겠지만 서재는 전생에 사랑했던 남자들을 각자의 향기로 기억하고 있었다.

그런 그녀의 감각으로 보자면, 어제 그녀를 발견했던 남자는 눈이 무릎 높이까지 쌓였던 1903년 12월 28일에 헤어진 수안이었다. 100여 년 전에 이별했던 그 남자 말이다.

서재는 취중에 흐려진 기억을 되짚어 보다가 서점으로 향했다. 수안과의 이야기를 다룬 자신의 소설을 들춰 보기 위해서였다. 새벽까지 들이부은 술이 아직 깨지 않아 여전히 비틀거렸지만 용케도 교내 서점에 다다랐다. 그녀가 다니는 한국대학교는 입시생이라면 누구나 선망하는 명문대로, 교내 서점에 웬만한 신간 서적이 다 들어왔다. 그러니 비록 무명에 불과하더라도, 지난주에 출간된 그녀의 신작 소설 또한 비치되

전생의 구남친들

어 있을 게 분명했다.

서재는 최대한 빨리 걸었다. 자신이 써 내려간 수안과의 시간이 취중의 기억을 선명하게 그려 낼까 싶은 마음에서였다. 한 문장이라도 읽으면 사라져 버린 키스의 흔적이 떠오를 것 같았다. 그게 아니라면, 100여 년 전의 연인이 다시 나타난다는 허무맹랑한 망상에서 스스로를 건져 낼 수 있을지도 몰랐다.

지난 1년 동안 그녀는 수안과의 이야기를 가상의 내용과 버무려 가며 집필에 매진한 끝에 '무아'라는 제목의 소설을 완성했다. 무아는 이번 생을 제외한 모든 생에서 그녀의 이름이었다. 전생과 현생을 통틀어 그녀가 가장 강렬한 감정을 느꼈던 것은 수안과 함께했던 시절이기에 그 책에 자신의 이름을 붙여 주었다. 그만큼 그녀는 수안을 사랑했다.

그와는 1900년에 만나 사랑에 빠졌고 1903년에 이별했다. 그 사실을 아는 것은 이 세상에 그녀밖에 없었다. 서재는 새삼스레 올라오는 그리움을 억누르며 서가를 뒤지다가 책장 한 구석에서 자신의 책을 발견했다. 책을 집어 든 그녀는 첫 장의 빈 여백을 보며 자신이 삭제한 문장을 떠올렸다.

'이 이야기는 실화입니다.'

사실 그녀는 소설을 쓰는 내내 이 문장을 적고 지우기를 반복했다. 물론 최종 선택은 결국 삭제였다. 일제강점기의 연애 이야기를 실화라 주장한다면 어떤 식으로 매도당할지 뻔했다. 하지만 어떤 진실은 정교한 가상의 이야기보다 훨씬 더 허무맹랑하다는 걸 사람들은 알까? 다시 한번 말하지만 서재는 뜨겁게 사랑했던 전생의 모든 연인들을 기억했다. 그리고 그 시절 뜨겁게 사랑했던 모두를 추억했다.

서재는 새삼스러운 감흥을 느끼며 책장을 넘겼다. 종이를 넘길 때마다 수안의 향기가 맡아지는 듯했다. 그렇게 눈을 감고 향에 취해 있는데 문득 그 향이 실제로 자신을 스쳐 갔다. 착각이 아니었다. 그것은 분명 그녀가 손에 쥐고 있던 소설 《무아》의 주인공 수안의 향이었다.

서재는 다급한 마음에 허둥대며 주위를 살폈다. 향기의 주인을 찾아야 했다. 그녀는 후각을 끌어올리려 전전긍긍했다. 그러나 심장의 반응이 더 빨랐다. 경제 코너를 돌아보던 그녀는 상대를 눈으로 확인하기도 전에 미친 듯이 빨라지는 심장 박동으로 그를 발견했음을 깨달았다. 향기의 주인은 그녀에게 등을 돌린 채 출입문 쪽으로 향하고 있었다. 서재는 그를 쫓아 서점 밖으로 달려 나왔다. 하지만 남자는 흔적도 없이 사라졌다.

어제 그 남자가 분명했다. 취중의 키스였기에 형상은 흐릿했으나 그에게서 배어나던 특유의 향기만큼은 또렷하게 기억했다. 사람의 체취는 거짓말을 할 수 없었다. 비슷한 얼굴이나 목소리로 태어나는 것은 가능했지만, 한 번도 같은 향을 갖고 다시 태어나는 사람은 보지 못했다. 서점에서 지나간 남자는 분명 수안의 향기를 가졌다. 어제 인사불성의 그녀를 안아 일으킨 상대에게서 필사적으로 찾으려 했던 향기를.

하지만 마냥 희망적으로 몰아갈 수는 없었다. 향기에 대한 해석은 지극히 주관적일 뿐만 아니라 추억에 그리움이 더해지면 다른 향을 맡고도 그 향이라 착각하기 일쑤니 말이다. 그러니 설령 수안과 같은 향기를 지녔다고 해도 동일 인물이라 장담할 수는 없었다. 게다가 환생한 과거의 연인과 재회한다는 게 가당키나 한 일인가.

그런데도 서재는 포기하지 않고 잔향을 쫓았다. 수안이 남긴 사소한 흔적, 혹은 그를 닮은 사람의 그림자라도 찾고 싶었다. 잠시나마 그의 품에 안겨 해묵은 그리움을 달래고 싶었다. 한시도 너를 잊은 적 없다고, 보고 싶었다고 말하고 싶었다. 아니 단 몇 초만이라도 그와 눈을 마주 보고 싶었다.

그러나 웅장한 캠퍼스의 건물들을 오가는 사이 그의 잔향

조차 사라지고 말았다. 서재는 왈칵 눈물을 쏟았다. 그간의 그리움이 한꺼번에 터져 나왔다.

　서재는 책상 앞에 앉아 한숨을 쉬었다. 아직도 술이 안 깬 기분인데 과제 마감까지 한 시간밖에 남지 않았다. 첫 학기부터 낙제는 곤란했다. 그녀는 서둘러 자료를 검색했다. 리포트의 주제는 자그마치 '철학과 과학을 구별 짓는 둘 간의 차이'였다. 교양과목 과제가 이렇게나 어려운 주제라니. 머리가 지끈거렸다. 혹시 학과 게시판에 들어가면 도움을 받을 수 있을까?

　서재는 지푸라기라도 잡는 심정으로 홈페이지에 들어갔다. 아쉽게도 별다른 소득은 없었다. 그녀는 괜히 시간만 잡아먹었다는 생각에 또다시 한숨을 쉬고 문서 작업에 매진했다. 그런데 문득 자유게시판에 올라온 게시물 제목이 뇌리를 스쳤다. 잘못 본 게 아니라면 '키스'라는 두 글자였다. 서재는 불길한 예감에 휩싸여 게시글을 눌렀다. 이럴 수가. 불안한 직감은 틀리는 법이 없었다.

"부드럽고, 말랑하고, 축축하고. 안 까먹었어요. 다 기억해요."

그녀의 눈앞에 이틀 전의 취중 키스 장면이 펼쳐졌다. 누군가 그 현장을 동영상으로 찍어 올렸다. 서재는 얼빠진 채로 영상에 시선을 고정했다. 고목의 체취를 가졌던 이는 사각거릴 것 같은 하얀 셔츠를 입은 뒷모습만 드러내고 있었다. 전체적으로 마른 체형이었지만 유난히 넓은 어깨와 늘씬하게 뻗은 다리 덕에 아름답다는 인상을 주는 남자였다.

서재는 자신이 처한 상황을 잊고서 그 남자에게 빨려 들었다. 그러나 그에게 압도되는 것도 잠시였다. 영상 속 서재가 상기된 얼굴로 그의 두 뺨을 감싸 쥐고는 입을 맞추기 시작했던 것이다. 가볍게 입술을 훔치고, 이내 깊게 파고들며 사탕이라도 맛보듯 야무지게 그의 입술을 탐하는 그녀의 모습이 촬영자에 의해 줌으로 당겨질 때쯤 서재는 황급히 정지 버튼을 눌렀다. 초조한 그녀의 손가락 아래 액정 화면에는 그와 그녀의 입술이 포개진 채로 남아 있었다.

조회수를 확인해 보니 다행히 이 영상을 본 사람은 그녀를 포함하여 두 명뿐인 모양이었다. 서재는 급하게 삭제 요청 버튼부터 찾았다. 그러나 이내 침착하자고 자신을 다독였다. 게시글을 지우면 증거를 확보할 수 없었다. 서재는 심호흡을 한 뒤 문제의 파일을 저장하고 나서야 게시글 삭제를 요청했다. 자유게시판에는 종종 사생활 침해나 인신공격성 글이 올라오기 때문에 삭제 요청 버튼을 누르면 비공개로 전환이 가능하다는 말이 떠올랐던 것이다. 서재는 모든 일을 해치우고 나서야 안도의 한숨을 내쉬었다. 그러나 아직 안심할 수 없었다. 영상을 누가 찍었는지, 다른 곳에 유포되지는 않았는지 알아야 했다. 무엇보다 그녀를 제외한 단 한 명의 열람자가 누구인지도 알고 싶었다.

그 후로도 며칠 동안 기억을 더듬었지만 키스 상대의 정체는 확인할 길이 없었다. 마음의 안식을 위해서는 나름의 결론이 필요했다. 서재는 자신의 감각을 믿기로 했다. 그녀가 끌어안았던 이의 체취는 분명 수안의 것이었다. 그렇다면 키스 상대는 당연히 수안이었다.

아무리 취중이었다지만 서재는 모르는 남자를 끌어안고 입을 맞출 만큼 헤픈 여자는 아니었다. 그건 가치관 밖의 일이었다. 하지만 그를 수안으로 착각하는 바람에 벌어진 일이라면 말이 되었다. 과거의 연인들에게 느꼈던 사랑의 정도를 크기로 환산한다면 수안의 몫이 가장 컸다. 미움의 크기도 꼭 같았다. 그가 가장 미웠다. 그에게 너무 많이 쏟아부어 다른 이에게 줄 사랑이 항상 모자랐다. 수안 이후에도 운명적 사랑은 있었지만 돌이켜 보면 상대가 그녀에게 쏟아붓는 사랑이 훨씬 컸다.

수안은 그런 존재였다. 이별의 상처는 옅어졌지만 그리움은 조금도 바래지 않았다. 1초 뒤에 그가 나타난다면 그녀는 망설임 없이 그의 차가운 입술에 입을 맞출 것이다. 문제는 수안이 현생의 인물이 아니라는 점이었다. 하지만 그녀 자신이야말로 과학으로 설명되지 않는 존재였다. 그러니 수안이 그녀처럼 환생을 하지 말라는 법은 없었다.

그녀가 학교 도서관 앞 벤치에 앉아 이런 생각에 잠겨 있는데, 어디선가 떠들썩한 소리가 들려왔다. 고개를 돌려 보니 교복을 입은 한 무리의 아이들이 몰려다니고 있었다. 캠퍼스 투어를 온 모양이었다. 그때 한 여자아이의 아크릴 이름표가 햇빛을 반사하며 반짝였다. 서재는 한 세기 전 자신의 명찰이 있던 자리에 손을 얹었다. 저들처럼 교복을 입던 시절 자신의 이름을 불러 주던 그의 목소리가 당장이라도 들려올 것 같았다. '이무아.' 96년 전 수안과 처음 만났을 때, 그는 교복 위에 수놓아진 그녀의 이름을 소리 내어 읽었다. 그때도 지금처럼, 이름이 새겨진 그 자리가 콩닥거렸다. 서재는 그때로 돌아간 듯 잠시 굳어 있었다.

따뜻한 바람이 그녀를 스쳐 지났다. 동시에 콧속으로 묵직한 내음이 파고들었다. 공기에 엉켜 있던 향기는 이내 희미해졌지만 그녀는 전율했다. 며칠 동안 그녀를 압도하던, 아니 반복되던 생에서 그녀를 사로잡던 숲의 향기였다. 이번에도 놓칠까 봐 조바심이 났다. 그녀는 그 촉촉하고 묵직한 향기를 쫓아 교정을 헤맸다.

찾았다. 강아지처럼 코를 킁킁대던 끝에 탑노트의 주인공을 발견한 곳은 운동장 뒤편의 주차장 입구였다. 그의 체취를 감지한 서재는 무작정 다가갔다. 할 말은 정해 놓지 못했다. 일단 얼굴을 봐야 했다. 그러나 요란한 색상의 포르쉐에 올라탄 그는 순식간에 사라져 버렸다. 허무했다. 그나마 다행이라면 그의 화려한 스포츠카 덕분에 그에 대한 정보를 쉽게 얻을수 있었다. 한국대학교 경영학과 3학년 임수안.

우선 서재는 그의 이름이 임수안이라는 사실에 놀랐다. 전생의 그와 이름까지 같았다. 한편으로는 그다지 놀라운 일이아니기도 했다. 그녀 역시 모든 생에서 무아라는 이름으로 불려 왔으니까. 사실 이번 생에서도 마찬가지였다. 출생신고 당시 그녀의 이름은 이무아였고 전생의 기억이 살아나기 전까지는 쭉 그렇게 불렸다. 하지만 기억이 되살아난 후 매일같이 과거의 사랑을 곱씹던 그녀는 새롭게 살고 싶은 마음에 서재라는 이름으로 개명했다. 더 이상 사랑 때문에 아프고 싶지 않았다. 이름을 바꾸고 다른 운명으로 살고 싶었다.

며칠간 찾아낸 정보에 의하면 수안의 아버지는 다수의 글로벌 아이돌을 배출한 '스타라이트'의 대표라고 했다. 경영학과에 진학한 것도 회사를 이어받기 위한 수순이라는 것이 선배들의 중론이었다. 한편 그가 마약에 손댄다는 소문도 있었다. 빼어난 외모와 형편없는 학점이 그 근거였다. 하지만 소문은 소문일 뿐이었고 서재가 보기에 수안은 너무 조용한 탓에 오히려 다소 튀는 대학생에 불과했다. 결석이 잦고 모임 참여도가 저조하고 지속적인 관계를 맺는 친구도 없었다. 그렇다 보니 같은 과 동기들조차 그에 대해 제대로 아는 바가 없어 쓸데없이 소문만 무성해진 것이다.

며칠간 서재는 학교 안에서 취할 수 있는 정보는 모두 취했다. 그중에서 쓸모 있는 것은 없었다. 결국 알맹이는 학교 밖에서 찾아야 했다. 그러나 그는 그 흔한 SNS 계정 하나 없었고, 온라인과 오프라인 어디에도 사생활의 족적을 남기지 않았다. 드물게 유튜브에 그의 이름이 들어간 제목의 영상이 돌아다니기는 했지만 그의 그림자조차 나오지 않았다.

시간이 속절없이 흘렀지만 별다른 소득은 없었다. 그래도 포기할 수 없었다. 결국 서재는 과거의 수안에게서 단서를 얻어야 한다는 결론에 도달했다. 전생의 수안이 현재의 그에게 어떤 식으로든 유전적 유산을 남겼다면 그는 과거의 기질을 가지고 있을 게 분명했다. 시간이 아무리 흘러도 본질은 변하지 않는다.

임수안. 서재는 백지 위에 그의 이름을 적었다. 고작 세 글자를 적었을 뿐인데 펜 끝이 그녀의 심장을 쿡 눌렀다. 그의 존재감이 생생했다. 메모를 시작하자 그의 얼굴이 또렷하게 떠올랐다. 눈은 외꺼풀이었고, 양쪽 눈의 눈매가 달라 한 손으로 반쪽씩 가린 두 개의 얼굴이 전혀 다른 인상을 풍겼다. 깡마른 얼굴은 다소 검었지만 매끈한 피부와 섬세한 굴곡 덕분에 도시적인 인상을 주었다.

얼굴이 떠오르자 목소리가 그리웠다. 서재는 눈을 감고 그의 음성을 떠올렸다. '헤어져.' 차가운 목소리가 시공을 뚫고 송곳처럼 귓속을 파고들었다. 서재는 괜한 상처에 진저리를 치며 종이를 뒤집었다. 이런 것들은 단서가 되어 주지 못했다. 그의 관심사와 행동 패턴을 떠올려야 지금의 수안과 만날 수 있을 것이다.

전생의 수안은 숱한 연극을 무대에 올린 감독이자 극장 '향월가'의 주인이었다. 만일 그가 정말 수안이라면 예술에 대한 유사한 취향을 가지고 있을 게 분명했다. 좋은 접근이었다. 서재는 그가 좋아할 만한 전시나 공연을 찾아서 수안과의 '운명'을 시험해 보기로 방향을 정했다. 어느 정도는 조작된 운명이라 할 수도 있지만 말이다.

오후 내내 잡지를 뒤진 끝에 데미안 허스트 전시, 아방가르드한 디자인으로 20대의 마음을 사로잡는 패션 브랜드 '느완'의 패션쇼, 뮤지컬 〈오페라의 유령〉을 하나의 패키지로 묶은 상품을 발견했다. 모두 수안의 취향이었다. 게다가 셋 모두 한 장소에서 누릴 수 있었다. 수안은 반드시 거기 나타날 것이다. 그가 정말로 돌아왔다면.

서재는 전시장과 공연장이 위치한 광장에 도착했다. 1920년대에 지어진 건물들 대부분이 파괴되었지만 몇몇은 아직까지 남아 복합 문화시설로 변모해 있었다. 보수를 마치고 재가 동된 광장의 분수가 장관이었다. 그 옆을 지나니 물방울이 눈발처럼 흩어졌다. 93년 전의 겨울이 떠올랐다. 폭설과 폭언이 동시에 쏟아지던 날이었다. 수안은 이별을 통보했고 그녀는 오열했다.

서재는 눈을 감았다. 등을 돌리고 멀어지던 수안의 뒷모습이 떠올라 그리움이 사무쳤다. 한 세기 전 이별의 잔상은 떠올리기만 해도 눈물샘을 건드렸다. 그날 서재의 시야가 흐려진 것은 눈발 때문이 아니라 그녀가 흘리는 눈물 때문이었다. 지금은 봄이고 아픔도 없었다. 그러나 아이러니하게도 그녀는 고통을 원했다. 정확히는 그때의 아픔이 반복되더라도 그가 보고 싶었다.

서재는 광장을 가로질렀다. 전시장 뒤편에 느티나무가 있을지도 몰랐다. 123년 전뿐만 아니라 380년 전에도 그녀와 함께했던 나무였다. 380년 전에는 하현달과 이곳에 있었다. 그 역시 그녀가 온 마음을 다해 사랑했던 이였고, 그 느티나무가 서 있던 곳은 그들이 밀애를 즐기던 장소였다. 서재의 소설 중 하나는 그를 위해 쓰였다.

현달은 그녀의 집 머슴이자 동생의 과거 급제를 위해 모셨던 스승이었다. 비상한 머리를 가졌음에도 천한 신분 때문에 입신양명하지 못했던 그였지만, 명문가의 자제들을 장원 급제시켜 온 그의 이력은 삼정승들조차 읍소하게 만들기 충분했다.

돌이켜 보면 수백 년간 온갖 사랑과 이별이 있었다. 모두가 반짝이는 추억은 아니었다. 솔직히 말하자면 영원히 도려내고 싶은 인연도 적지 않았다. 미숙한 선택도 허다했다. 상대가 나빴다기보다 서로 맞지 않았다. 경험에 의하면 반하게 만드는 장점보다 견딜 수 있는 단점이 중요했다. 목숨을 걸고 사랑할 만한 가치가 있는 사람은 귀했다. 몇 번이고 생을 반복했지만 그런 이는 열 손가락을 채우지 못했다. 그런 의미에서 그녀가 써 내려간 소설의 주인공들은 하나같이 특별한 존재들이었다.

나무는 변치 않고 튼튼히 자리를 지키고 있었다. 이기적이게도 자신은 늘 변화를 반복하면서도 나무의 굳건함이 기뻤다. 서재는 새삼 현달이 사무치게 그리워졌다. 그의 어깨에 무등을 타야 손에 닿았던 가지에 새순이 돋아 있었다. 잔가지 사이로 쏟아지던 햇살도 그때와 같았다. 불어오는 바람이 현달의 숨결 같아 가슴이 뻐근했다.

미쳤네. 서재는 스스로를 나무랐다. 수안의 환생을 믿는 것도 모자라 현달이라니. 서재는 두 남자와의 추억을 뒤로하고 전시장으로 향했다.

전시의 꽃은 데미안 허스트의 해골 작품 〈For the Love of God〉이었다. 서재는 인파가 잦아들기를 기다렸다 겨우 작품과 단둘이 마주 섰다. 야속한 해골 위에서 물결치는 다이아몬드의 행렬이 눈부셨다. 이토록 찬란한 죽음이라니. 자신의 반복된 삶과 비교해 보니 괜히 심술이 올라왔다.

그녀는 자신의 백골을 본 적이 없었다. 기억은 삶에서 삶으로 이어 달릴 뿐이었으니까. 죽음 뒤의 일은 알지 못했다. 사실 궁금해해 본 적도 없다. 하지만 찬란한 해골을 마주하고 있자니 엉뚱한 생각이 들었다. 사랑하던 사람과 나란히 묻힐 수 있다면 그 생은 다이아몬드보다 빛날 것 같았다. 그러나 순장이라니. 그는 원치 않으려나. 곁에 눕게 될 그가 누구인지도 모르겠지만.

만일 평범한 어느 날의 오후였다면, 서재는 다른 작품은 제쳐 둔 채 하루 종일 눈앞의 해골을 들여다보며 수백 가지의 상상을 했을지도 몰랐다. 그러나 오늘은 그럴 시간이 없었다. 그녀에게는 목표가 있었다. 임수안. 그를 만나야 했다.

"여기서 뭐 하는 겁니까?"

전생의 구남친들

수안을 찾아 급히 걷던 길, 전시장 앞 광장에서 고성이 터졌다. 고개를 돌리자 믿기 힘든 촌극이 펼쳐지고 있었다. 누군가 거대한 해골 모형에 다이아몬드 대신 사과를 잔뜩 붙이고 있었던 것이다. 뜻밖의 기행에 사람들이 웅성댔다. 미친 놈인가? 그녀는 무심히 지나치려다가 걸음을 멈추었다. 작품에 빠져들면 평소와 180도 다르게 돌변하곤 했던 수안의 기행들이 겹쳐졌다. 혹시 수안?

"육체의 유한함을 표현한 겁니다. 해골에는 다이아몬드보다 썩어 없어지는 사과가 더 어울리지 않나요?"

구경꾼들 너머로 누군가의 궤변이 들려왔다. 확실히 수안과 어울리는 해프닝이었다. 서재는 그였으면 좋겠다는 바람으로 인파를 헤치고 나아갔다. 그러나 거구 셋이 벽처럼 가로막은 탓에 사고를 치고 있는 상대를 바로 확인하기는 쉽지 않았다. 그녀는 방향을 바꿔 다른 쪽으로 고개를 들이밀었다. 여전히 그의 얼굴은 보이지 않았지만 그 문제적 인물에서 풍겨 오는 체취가 그녀의 이성을 마비시켰다. 설마, 하현달?

그리움이 후각을 지배한 걸까? 돌연 현달의 향기가 그녀에게 감겼다. 초가을 햇볕에 잘 달궈진 고목, 그 나무껍질에서 배어 나온 수액의 존재감이 그녀의 묵은 감각을 되살렸다. 말도 안 돼. 서재는 눈을 감았다. 후각에 집중해야 했다. 암흑 속에서 현달의 탑노트가 밀려왔다. 샌달우드와 사향을 누르고 올라오는 침향나무의 체취, 볕이 들기 전 이슬 맺힌 솔잎에서 퍼지는 내음. '진짜 나야.' 그의 향기가 말을 걸어왔다.

급히 눈을 뜨자 거짓말처럼 그가 눈앞에 서 있었다. 100년의 세월을 세 번 넘게 지나왔지만, 예전보다 키가 크고 다소 말랐지만, 얼굴에는 낯선 장난기가 가득했지만, 서재는 한눈에 그가 현달임을 알아볼 수 있었다.

서재는 맹목적인 그리움에 이끌려 무작정 그를 향해 걸어갔다. 그러나 그와 시선이 마주친 순간 얼어붙고 말았다. 이제껏 수안을 찾고 있었다는 사실이 떠올랐던 것이다. 어쩌지? 수안을 찾겠다는 목표와 눈앞의 현달 사이에서 그녀는 갈팡질팡했다. 그러다 현달을 잡아야겠다고 마음먹은 찰나 현달은 순식간에 자취를 감추었다.

바보같이 현달을 놓쳤다. 수안도 찾지 못했으면서. 심지어 수안은 존재하는지조차 알 수 없었다. 보이지 않는 상대와 저울질하느라 품을 수 있는 상대를 놓치다니. 서재는 스스로가 한심했다. 그나마 다행이라면 그가 흔적을 남겨 놓았다는 것이었다.

서재는 그가 남기고 간 괴이한 조형물을 살폈다. 조악한 해골 모형과 달리 오브제가 된 사과는 탐스러웠다. 서재는 사과 하나를 떼어 내 성큼 베어 물었다. 달콤한 과즙이 터져 나오자 현달과의 추억이 밀려들며 시공을 흔들었다. 과거와 현재의 미각이 하나로 연결되는 기적에 서재의 심장이 빠르게 뛰었다. 현달이 살아 돌아오다니. 아니, 다시 태어나다니.

수안과 현달이 동시에 환생했을 확률보다 자신이 미쳤을 확률이 훨씬 높다는 것쯤은 서재도 잘 알았다. 하지만 불행히도 그녀의 정신은 지독할 만큼 멀쩡했다. 오히려 너무 뛰어나게 가동된다는 점이 문제였다. 진즉에 육체와 함께 사라졌어야 할 기억이 뇌세포 곳곳에 각인되어 시도 때도 없이 떠올랐다. 어쨌거나 지금의 최선은 원래의 목표대로 수안을 찾는 것이었다. 생각은 나중에 해도 늦지 않았다.

그러나 하나에 집중하자는 결심과 달리, 그녀의 머릿속은 둘로 쪼개져 수안과 현달을 동시에 찾고 있었다. 정신이 산만해진 서재는 결국 길을 잘못 들어 패션쇼장 백스테이지를 헤매기 시작했다.

"제발 집중하자."

혼잣말로 자신을 다그쳤다. 그러고 나자 때마침 로비로 가는 이정표가 눈에 들어왔고, 서재는 반가운 마음에 급히 몸을 돌리다가 누군가와 부딪쳤다.

"죄송합니다."

서재는 반사적으로 사과하다가 상대의 정체를 확인하고 터지는 웃음을 간신히 눌렀다. 낯선 거구의 남자가 귀여운 곰돌이 인형탈을 머리에 쓰고 있었다. 덩치에 걸맞지 않는 귀여움이란!

"이제 오면 어떡해요?"

남자는 대뜸 서재를 향해 투덜댔다.

"사람 잘못 보신 것 같…."

그녀의 목소리가 너무 작았을까? 남자는 그녀가 말을 끝내기도 전에 인형탈을 벗더니 서재의 얼굴에 그대로 뒤집어씌웠다. 순간 서재는 그대로 굳어 버렸다. 인형탈 속에 가득 배어 있는 '그들의' 베이스노트가 이성을 마비시켰다. 그녀와 사랑을 나누었던 남자들 특유의 향기. 그런데 코끝에 내려앉은 탑노트는 수안의 것도, 현달의 것도 아니었다. 누구지?

서재는 아찔함에서 벗어나 정신을 집중했다. 향기의 주인을 찾아야 했다. 차분하게 숨을 들이마셨다. 가장 먼저 시트러스 향이 코점막을 두드렸고 마지막에는 묵직한 우드 향이 남았다. 드디어 그의 이름이 떠올랐다. 이영호.

1972년 봄, 당시 대학교 2학년에 재학 중이던 그녀는 신입생이던 영호와 이색적인 인연으로 얽혔다. 학교 후배라 귀여워하던 그가 아르바이트하려고 찾아갔던 카페의 사장님으로 마주쳤을 때의 놀라움이란! 이후 두 사람은 학교와 카페를 오가며 스릴 넘치는 이중생활을 이어 갔다.

서재는 영호와의 연애담을 첫 소설로 썼다. 글을 써 본 적 없는 그녀가 가장 편안하게 돌아보고 기록할 수 있는 시간이었기 때문이다. 그러나 시절을 거슬러 그보다 더 극적인 연애담을 쓰는 동안 영호와의 추억은 자연스레 기억 뒤편으로 밀려났다. 그런데 지금 이 순간 이토록 선명한 향기라니.

"저기요!"

서재는 상대가 영호임을 확신하고 쫓아가려 했다. 그러나 망할 인형탈은 무거웠으며 시야도 확보하기 어려운 애물이었다. 서재는 탈을 벗으려고 버둥대다 중심을 잃고 휘청였다. 머리가 한쪽으로 훅 쏠리는 기분이었다. 그런데 마치 누군가가 탈을 벗겨 주기라도 한 것처럼 순식간에 머리가 자유를 찾았다. 급한 마음에 그녀는 뒤도 돌아보지 않고 달렸다. 커다랗고 조잡한 곰돌이 얼굴은 그대로 바닥에 나뒹굴었다.

복도를 돌고 계단을 오르내려 보았지만 영호는 이미 사라지고 없었다. 전생에 사랑했던 남자가 셋이나 동시에 나타나다니. 서재는 심호흡을 하며 가슴을 진정시켰다. 이럴 때일수록 정신을 바짝 차려야 했으니까.

♡♥♡

서재는 공연장 화장실에 들어가 세수부터 했다. 거울 앞에 서서 흐트러진 머리도 다시 동여맸다. 상기된 두 뺨을 파우더로 눌러 진정시키고, 입술도 가벼운 컬러의 립스틱으로 바꿔 발랐다. 제대로 된 재회의 순간이 온다면 예쁘게 보이고 싶었다. 비록 그들이 그녀를 알아보지 못할지라도.

화장을 마친 그녀는 쪼그려 앉아 풀린 운동화 끈을 다시 묶었다. 그 순간 수안이 떠올랐다. 풀린 운동화 끈을 밟고 다니는 것은 시대를 초월한 그녀의 오래된 습관이었다. 수안은 한 번도 그걸 다시 묶어 준 적이 없었다. 그러나 영호는 달랐다. 그녀의 운동화 끈이 풀려 있으면 머리를 쓰다듬고 잔소리를 늘어놓은 뒤 꼼꼼한 손길로 매듭을 지어 주곤 했다. 현달이라면 어땠을까? 아마 그 역시도 운동화가 있던 시대에 만났다면 영호처럼 했을 것이다. 자신의 옷섶으로 그녀의 꽃신을 닦아 주던 다정한 남자였으니까.

어쨌거나 수안을 만나는 일은 점점 꼬여 갔지만, 현달과 영호와의 연이은 만남에 서재의 마음은 극도로 설렜다. 뮤지컬 시작 시간이 코앞으로 다가왔다. 정해진 자리가 있음에도 다른 이들보다 더 빨리 달려야 한다는 초조함에 까마득한 계단을 단숨에 올랐다. 다행히 공연 시작 4분 전에 공연장에 들어설 수 있었고, 자리에 앉자 심장이 빠르게 요동쳤다. 달려왔기 때문인지 마음의 일렁임 때문인지 이유는 알 수 없었다. 아마 둘 다였겠지만.

서재는 가슴을 진정시키며 객석을 둘러보았다. 수안은, 아니 수안일지도 모르는 그 남자는 그림자조차 보이지 않았다. 운이 나쁘게도 옆자리 여자의 진한 향수 냄새에 그의 향을 찾기가 더욱 곤란해졌다. 서재는 유난히 후각이 예민해서인지 지금처럼 진한 향이 밀려올 때면 심한 두통을 느꼈다. 특히 달콤한 꽃향기에 약했다. 악연이 있던 여자들이 어김없이 뿌리고 다니던 '천적의 향'이었다. 서재는 고개를 돌려 두통 유발자를 쏘아보았다. 그러나 그녀는 서재의 따가운 시선을 느끼지 못한 채 공연 팸플릿만 보고 있었다.

서재는 여자에게서 시선을 거두고 다시 주위를 살폈다. 빼곡한 인파가 장애물처럼 느껴졌다. 그 사람들 속에서 한눈에 수안을 찾아내는 것은 애초에 불가능한 일이었다. 지나친 자신감이었을까? 그러고 보면 수안에 대해 다 알고 있다는 것은 그저 그녀만의 생각이 아닌가. 당연하다고 믿었던 그의 취향 역시 전혀 다를 수 있었다. 찾고자 하는 열망이 강하면 그 힘이 그를 끌어당겨 자신 앞에 데려다 놓을 거라는 막연한 희망이 화근이었을지도 몰랐다.

내가 이렇게 무모한 사람이었나. 세상에서 가장 가깝게 느껴졌던 옛사랑이 새삼 멀게 느껴졌다. 한심했다. 벌써부터 그를 품에 안은 것처럼 들떠 있던 자신이 순식간에 초라해졌다. 기가 차서 헛웃음이 났다. 정말 미치기라도 한 건가. 하긴, 현생의 구남친 셋이 나타나도 정신이 나갈 판에 전생의 연인들이라니.

그때 웅장한 음악이 그녀의 자책을 끊어 냈다. 공연이 시작되었다. 그녀는 무대를 올려다보았다. 수안과 함께하던 시절에는 무대에 서서 객석을 내려다보았었다. 객석을 가득 메운 군중을 마주했을 때의 환희는 지금도 잊지 못한다. 그 환희를 선물해 주었던 수안에 대한 감사함 또한 잊은 적이 없었다. 그러나 지금은 올라설 무대도 없고 수안도 없었다. 그저 기억의 흔적을 찾아 헤매는 스물한 살의 그녀만 덩그러니 남아 있을 뿐이었다.

음악이 잦아들고 고요해졌다. 10초 남짓한 시간이 한 시간 만큼 길게 느껴지는 정적이 흐른 후 누군가 무대로 걸어 나왔다. 주인공의 등장이었다. 빛은 영리했다. 그의 움직임만 보여 줄 뿐 존재를 드러내지는 않았다. 스포트라이트는 그가 쓴 유령 가면을 더욱 강한 어둠 속에 숨겼다. 좋은 연출이었다.

서재는 일단 공연에 집중하기로 마음먹었다. 그러나 노래가 시작됨과 동시에 그녀의 평정심이 깨졌다. 귓가에 들려오는 목소리는 분명 수십 년 전 수안의 것이었다. 거짓말. 간절함의 크기만큼 격렬히 부정했다. 상처받기 싫었다. 그러나 저도 모르게 흐르는 눈물이 그의 존재를 증명했다. 감정을 자각하기도 전에 몸이 먼저 반응을 쏟아 내고 있었다. 몸살이 온 듯 갑자기 온몸이 떨렸다.

'떨지 마. 믿는다, 이무아.'

무대 위의 수안이 노래하는 동안 서재는 전생의 그가 던진 말을 떠올렸다. 떨지 말라고 했다. 믿는다고 했다. 그 말 덕분에 그녀는 대역으로 나간 첫 무대에서 떨지 않을 수 있었다.

믿는다는 말이 기뻤다. 사랑의 시작이었다. 그 말에 부응하려 끝없이 헌신하던 무아의 사랑이 가슴을 쿡 찔렀다. 지독히 아팠지만 후회 없는 시간이었다.

만일 그때의 그가 지금의 그녀를 보면 뭐라 말할까? 울지 말라고 할까? 그럴 리 없었다. 그는 눈물도 얼려 버릴 정도로 냉철한 남자였으니까.

'뭘 해야 할지 모를 땐 당장의 일에 집중해.'

입버릇처럼 되뇌던 그의 말이 들려오는 듯했다. 지금도 유효한 충고였다. 공연이 끝나자마자 서재는 잡념을 끊어 내고 자리에서 벌떡 일어섰다. 그에게 가야 했다. 과거의 그를 떠올리느라 눈앞에 나타난 수안을 놓칠 수는 없었다.

서재는 새로 익힌 그의 얼굴을 되새기며 빠르게 걸었다. 다르게 생긴 이목구비에 속지 않았다. 그 안에 깃든 수안을 분명하게 느낄 수 있었으니까. 할 수만 있다면 지금 당장 무대 위로 달려가 그의 뺨을 어루만지고 싶었다. 그의 존재를 날것으로 느끼고 싶었다. 오랜 시간 묻어 두었던 그리움에 새삼 갈증이 났다.

공연이 끝난 실내는 아수라장이었다. 그녀의 마음은 그보다 더한 난장판이었다. 서재는 쏟아져 나오는 인파를 거슬러 무대 뒤로 향했다. 당장 수안을 만나야 했다. 지금 만나지 못하면 영영 그를 놓칠지도 몰랐다.

"오늘 팬텀은 스윙 배우라며?"

지나가던 관객의 말이 귀에 꽂혔다. 서재는 손에 쥔 팸플릿을 펼쳤다. 주역 배우의 정보가 절실했다. 그러나 역시 별다른 소득은 없었다. 그가 정말 스윙 배우라면 그에 관한 정보가 팸플릿에 적혀 있을 리 없었다.

배우 대기실은 후미진 복도 끝에 있었다. 그녀가 그곳에 닿았을 때 그는 이미 대기실을 빠져나가는 중이었다. 밀물처럼 사람들이 몰려들 때마다 그는 시야에 들어오다 벗어나기를 반복했다. 그러나 서재는 그를 놓치지 않았다. 인파 사이에 남은 희미한 잔향 덕분이었다. 흙에서 뿌리로, 뿌리에서 기둥으로, 기둥에서 잔가지로, 잔가지에서 잎으로, 잎에서 빗물로, 빗물에서 다시 흙으로. 마치 지문처럼 그의 걸음마다 체취가 남아 있었다. 서재는 징검다리를 건너듯 그 향의 궤적을 밟으며 필사적으로 그와의 거리를 좁혔다. 그는 공연장 뒷문을 통해 밖으로 나가고 있었다.

"기다려!"

그녀는 저도 모르게 고함을 치며 급히 따라 나왔다. 밖에는 비가 세차게 내리고 있었다. 소낙비가 안개 숲을 이루었다. 서재는 얼굴에 들이치는 빗물을 닦으며 빠르게 주위를 살폈다. 형형색색의 우산이 눈앞을 메웠다. 조바심이 일렁이는 그녀의 시선이 우산 숲 사이를 바쁘게 오갔다. 모였다 흩어지는 인파가 어지러웠지만 포기할 수 없었다. 마침내 익숙한 실루엣을 포착한 순간 서재의 호흡이 멎었다. 수안이었다.

서재는 한달음에 그에게 달려갔다. 그사이 수안은 쏟아지는 비를 가늠하며 무채색 우산을 꺼내 들었다. 그러나 그가 우산을 펼치기가 무섭게 곁에 있던 노란색 우산이 도미노처럼 펼쳐졌다. 어? 노란 우산 아래로 낯익은 얼굴이 보였다. 맙소사. 현달이었다. 서재는 너무 놀라 그 자리에 얼어붙었다. 그러나 혼란한 마음을 가라앉힐 틈도 없이 체크무늬 우산이 하늘을 가렸다. 이번에는 영호였다.

그대로 시간이 멈춘 걸까? 세 개의 우산 아래 세 명의 연인이 나란히 서 있었다. 마치 흑백사진 속에서 그들만 숨 쉬고 있는 것처럼, 무채색의 군중 속에서 오직 그들만이 선명한 색을 발했다.

그들은 서재와 눈이 마주쳤지만 누구도 그녀를 아는 기색은 없었다. 그저 각자의 순간에 충실할 뿐이었다. 폭우가 더욱 거세졌다. 시야를 가리는 빗물에 그들이 흐려졌다. 습한 밤공기에 후각은 더욱 또렷해졌다. 흙 내음과 새벽이슬에 젖은 이끼 향이 코끝에 엉켜들었다. 과거와 현재의 감정이 들숨 날숨으로 그녀를 오갔다.

서재는 멍해졌다. 저들 중 누구의 우산을 향해 달려가야 할지 결정할 수 없었다. 셋 다 심장이 녹아 없어질 때까지 사랑했던 남자들이었다. 과연 '한 명'을 선택할 수 있을까? 서재는 열이 올랐다. 온몸의 피가 끓어오르고 있었다. 체온에 압도되자 이성이 흐려졌다. 망설이기만 할 뿐 그 누구의 품으로도 달려갈 수 없었다. 빗줄기는 점점 더 거세졌다. 수백 년간 내리지 못한 비가 한꺼번에 쏟아지는 듯했다. 더 이상 망설이지 말고 누구에게라도 가야 했다. 서재는 눈을 질끈 감고 달렸다. 자석처럼 그녀를 끌어당기는 누군가를 향해.

빗방울이 우산을 쉴 새 없이 때렸다. 서재의 심장 소리가 조금씩 잦아들었다. 안도감이었다. 놓치지 않았어. 숨을 몰아쉬는 사이 청량한 공기가 그녀를 감쌌다. 좁아진 거리에 상대의 기운이 느껴졌다. 그리웠다고, 보고 싶었다고, 오랜 세월이 흘렀지만 단번에 널 알아보았다고 말하고 싶었다. 속사포처럼 쏟아 낼 말을 가슴에 품은 채 그를 올려다보았다.

어? 누구지?

처음 보는 얼굴이 그녀를 내려다보고 있었다. 수안도, 현달도, 영호도 아닌 전혀 모르는 남자가.

"이서재?"

날 알아? 낯선 남자의 우산 속으로 뛰어들었다는 사실만으로도 혼이 나갈 지경인데 그의 입에서 내 이름이 튀어나오다니. 고장난 이성을 추슬러 그를 살폈다. 날렵하게 솟아오른 눈썹과 날카로운 눈매가 도도한 인상을 주었지만 도톰한 입술이 그것을 덜어 냈다. 그는 심플한 후드티에 청바지 차림만으로도 남다른 분위기를 풍기며 그녀를 압도했다.

"누구세요?"

아무리 되짚어 봐도 초면이었다. 모른다고 말하면 실례일까? 전생의 인연까지 뒤져 보았지만 겹치는 사람은 없었다. 도대체 누구지?

"너 한국대학교 1학년 이서재 맞지?"

사탕을 물고 있기라도 한 듯한 달콤한 목소리였다.

"오리엔테이션 때 너 봤어. 그날 비가 많이 왔었는데, 그때도 너 우산 없었잖아."

서재는 할 말을 고르느라 그의 얼굴을 멍하니 보고만 있었다. 비에 젖은 피부가 투명했고 웃을 때 반달눈이 되는 게 매력적이었다. 보살펴 주고 싶은 인상의 남자였다. 이 순간 뭐라 말을 꺼내야 할까? 잘생기셨네요? 그러나 지금 중요한 것은 그게 아니었다. 수안도, 현달도, 영호도 모두 놓쳐 버렸다. 자신이 누구를 향해 뛰어갔는지도 모른 채 말이다.

"괜찮아?"

빗소리와 남자의 물음이 동시에 쏟아졌다. 그 혼란한 소리가 그녀의 기억을 흔들었다. 어지러움에 눈을 감자 취중 키스의 잔상이 어른거렸다. '괜찮아?' 다정한 한마디가 비바람 속의 숲처럼 일렁였다. 순간 흐려졌던 그날의 기억이 생생하게 떠올랐다 흩어졌다. 왜 이 생각을 못했을까? 어쩌면 목소리로 키스 상대를 찾아낼 수 있을지도 몰랐다. 좋은 단서였다.

"다시 말해 줄래?"

"뭘?"

"괜찮냐고 물어봐 달라고."

그녀의 엉뚱한 요구에 그는 묘한 표정을 지었다. 제정신인지 확인하고 싶은 걸까? 설마 미쳤다고 생각하지는 않겠지?

"비를 많이 맞았네."

그는 괜찮냐고 묻는 대신 서재의 젖은 어깨를 살폈다. 바보야, 괜찮냐고 물어보라고!

"내 이름은 서이강이야. 철학과 2학년."

서재가 과거의 연인들, 정확히는 '전생의 그들'일 거라 확신하는 세 사람의 빈자리를 황망하게 바라보는 사이에 이강은 야무지게 자신을 소개했다. 그제야 온전히 그에게로 관심이 옮겨 갔다. 반달처럼 완만하게 굴곡진 눈두덩, 그 아래 드리워진 긴 속눈썹, 그 매혹적인 그림자 너머로 더없이 깊고 맑은 눈동자가 보였다. 순간 마음이 평온해졌다. 방금까지 쫓던 모두를 놓쳤음에도 더 이상은 안달이 나지 않았다. 이상한 일이었다. 이 남자는 뭘까? 어떻게 혼란하기 짝이 없던 마음을 단번에 잠재운 걸까? 서재는 혹시 이 사람도 전생의 상대일까 싶어 조심스레 코를 킁킁댔다. 그녀의 표정이 웃겼는지 이강은 피식 웃었다.

"커피 마시고 싶어?"

"응?"

"자꾸 냄새를 맡는 게 커피 때문인가 해서."

너무 노골적이었나? 서재는 잠시 냄새 찾기를 중단했다. 그러나 미련이 남을 때마다 코를 킁킁대는 것은 어쩔 수 없는 노릇이었다. 서재는 티가 나지 않게 신경 쓰며 그의 체취를 더

듬었다. 그러나 이 남자에게서는 전생의 연인들에게서 맡았던 '마른 고목 향'이 나지 않았다. 대신 비에 젖은 풀 내음 같은, 신선하고 생동감 넘치는 향기가 났다. 이제까지 한 번도 느껴 보지 못한 신비로운 향이었다.

"난 이서재."

그사이 빗소리가 더욱 거세졌다. 현실감각이 깨어났다. 그와 눈을 마주치는 순간 정신이 또렷해졌다. 전생에서 벗어나 다시 현실로 돌아온 것 같았다. 이제야 비로소 살아 있는, 숨을 쉬는 기분이었다.

"공연 보러 온 거야? 아니면 전시?"

이강의 물음에 서재는 잠시 할 말을 골랐다. 전생에 사귀던 남자친구를 찾으러 왔다고 말할 수는 없었으니까. 전시와 패션쇼 사이에서 고민하다가 공연을 보러 온 거라 얼버무렸다. 이 시간에 마주쳤으니 뮤지컬을 보러 왔다는 편이 자연스러웠다.

이강은 반가운 기색을 보이며 공연에 대한 감상을 신나게 늘어놓았다. 그는 주인공 역을 맡은 배우의 사정으로 스윙 배우가 투입되었다는 사실을 알려 주었다. 그러면서 대역 배우의 보컬이 의외로 신선했다며 칭찬을 아끼지 않았다. 수안을 두고 한 이야기였다.

　낯선 상대의 입에서 옛 연인의 칭찬이 나오자 서재는 잠시 혼란스러웠다. 폭우가 쏟아지는 데다 흥분과 긴장감이 엉켜서, 지금 느끼고 있는 감정이 옛 연인들에 대한 것인지 눈앞의 상대를 향한 것인지 모호했다.

　서재는 답을 찾고 싶어 이강을 바라보았다. 이강의 키는 그녀보다 20센티미터는 족히 커 보였지만 얼굴은 더 작았다. 흔한 표현대로 저 작은 얼굴에 눈, 코, 입이 다 들어가 있었다. 그것도 기가 막히는 비율로. 게다가 골격이 예쁘장하면서도 제법 남자다웠다. 한마디로 그는 호감형이었고, 심지어 다정했다. 비가 들이치자 그는 우산을 기울여 서재의 어깨를 지켜 주었다. 정작 그의 어깨는 속절없이 젖어 가고 있었는데도.

　"혼자 왔어?"

　그가 물었다. 서재는 말없이 고개를 끄덕였다. 뜨겁게 얽혔던 전생의 연인들이 한꺼번에 몰려들었지만 결국은 혼자였다.

　"나도."

　"진짜?"

　이강의 대꾸에 서재는 의아했다. 이렇게 잘난 남자가 왜 혼자일까? 우스운 호기심이었다. 운명적 사랑에 스스로를 던져 놓고는 처음 만난 이성에게 이토록 쉽게 가슴이 뛰다니. 수백 년간 누군가를 사랑해 왔지만 인생을 걸 수 있는 상대는 100년에 한 번 만나기도 어려웠다. 무의미한 상대를 만날 때마다 '설렘에 속지 말자'고 다짐했던 그녀였다. 그런데 이처럼 쉽게 두근대다니. 한심했다. 그러나 감정이 모호할 때는 현재에 집중하는 게 최고였다. 지금의 그녀는… 이강이 궁금했다. 솔직해질 시간이었다.

"응. 취향이 같은 사람이 없어서."

친구가 없다는 건지, 실은 애인이 없다는 건지 궁금했지만 묻지 않았다. 불과 5분 전까지 누구인지도 몰랐던 사람의 연애에 대해 캐묻는 것은 이상한 일이었으니까.

"집이 어느 쪽이야?"

이강이 물었다.

"학교 근처."

"잘됐다. 그럼 같이 갈래?"

"그래."

반가운 제안이었다. 이강은 담백한 성품의 남자였다. 호감을 돌려 말하지 않는 직선적인 화법이 마음에 들었다. 버스 정류장으로 향하는 동안 두 사람은 서로의 신상을 주고받았다.

"현역이야?"

이번에는 서재가 물었다.

"아니 재수."

"어쩌다가?"

"연애하다가."

짧은 대화가 오갔다. 일상적인 대화보다는 사실, 다양한 그의 표정이 서재의 흥미를 끌었다. 서재는 평상심을 유지했지만 '연애'라는 두 글자가 튀어나오던 순간에는 떨림을 누르지 못했다. 많이 사랑했던 걸까? 서재는 그랬으면 좋겠다고 생각했다. 뜨겁게 사랑할 줄 아는 사람이 좋았다. 그녀가 그랬던 것처럼.

"서재 너는?"

"난 현역이야."

"능력자네."

이강은 싱긋 웃으며 그녀의 머리 위로 손을 올리려다가 멈추었다. 그 행동은 그녀에 대한 호감 때문이 아니었다. 여자친구를 칭찬할 때 머리를 쓰다듬어 주는 습관이 몸에 밴 남자였다. 자신도 모르게 나오는 자연스러움. 그 흔한 관성에 서재는 장난기가 발동했다.

"오빠라고 할까?"

"뭐?"

"재수했다며. 그럼 나보다 한 살이 많은 거잖아."

"굳이?"

그는 질색하며 손을 내저었다. 귀여운 남자였다. 전생의 남자들 때문에 요동치던 마음이 잔잔히 가라앉았다. 기분 좋은 밤이었다.

2
오늘의 남자,
어제의 여자

"이무아라는 소설가 알아?"

서이강 네가 그 이름을 어떻게 알아? 서재는 목구멍까지 치미는 말을 겨우 삼켰다. 이무아는 거듭된 전생에서 그녀의 이름이었고 현재는 그녀의 필명이었다. 그러나 소설가라는 꼬리말을 붙였으니 이강은 필명을 언급한 게 분명했다. 어쨌든 자신의 필명을 알고 있다는 사실만으로도 충분히 놀라웠다. 그녀는 유명하지 않았고 작품은 마니아 독자층이 즐겨 읽는 로맨스 소설이 전부였다. 이강이 로맨스 소설을 읽다니. 너무 의외였다.

"글쎄?"

이럴 때는 시치미 떼는 게 제격이었다. 하지만 '응'도 아니고 '아니'도 아니고 '글쎄?'라니. 어설픈 대답이었다. 역시 거짓말도 아무나 하는 게 아닌 모양이었다.

"아끼는 책인데 다 젖었네."

이강은 가방 속에서 익숙한 책을 꺼내고는 물기를 털어 냈다. 그녀의 신작 《무아》였다. 수안과 어떻게 만났고 어떻게 사랑했으며 어떻게 헤어졌는지가 고스란히 담겨 있는 연애담이 호감형인 낯선 남자의 손에 들어가 있다니. 아이러니 그 자체였다.

"로맨스 소설 아냐? 그런 것도 읽어?"

이서재 바보. 모르는 척했어야지.

"로맨스인지 어떻게 알았어?"

이강은 아무렇지 않은 얼굴로 정곡을 찔렀다. 서재는 허둥대며 변명을 늘어놓았다.

"표지 느낌이 그렇잖아. 누가 봐도 달달한 그림. 딱 보면 알지."

제법 괜찮은 대응이었다. 이강의 순진한 얼굴에 대고 거짓말을 하자니 양심에 찔리기는 했지만 말이다. 다행히 더 이상의 의심은 없었다.

"책이랑 음악은 편식 안 해. 왜? 넌 로맨스 싫어해?"

사소한 질문이 계속 이어졌다. 호감일까? 물론 호감이겠지. 남자들은 좋아하지 않는 여자에게는 시간을 쓰지 않는 법이다. 그나저나 책과 음악에 관한 한 편식이 없다니. 여러모로 끌리는 남자였다.

"연애는 소모적이니까. 연애할 시간이 있으면 자신을 돌보는 편이 낫다고 생각해."

"별명답네."

"별명?"

"네 별명 몰라? 시니컬이라던데?"

"시니컬?"

이강은 대답 대신 손가락을 돌려 가며 서재의 곱슬머리를 구현해 보였다. 어설픈 표현력이 우스우면서도 그의 정성에 기분이 좋았다. 그녀가 미소 짓자 이강은 흥이 났는지 서재가 습관처럼 짓는 표정들을 연이어 흉내 냈다. 서재는 저도 모르게 소리 내어 웃어 버렸다. 그의 행동은 자연스러웠고 기본적으로 애교가 묻어났다. 여자 형제가 많은 걸까? 아니면 사긴 여자가 많았을까? 그에 대한 궁금증이 꼬리를 물었다.

그러다 문득 그가 그녀에 대해 많은 걸 알고 있다는 사실을 깨달았다. 그 새삼스러운 깨달음에 서재는 엉뚱한 생각을 이어 갔다. 오래전부터 날 좋아한 걸까? 그렇다고 하기에는 시간이 너무 짧다. 이제 막 새 학기가 시작되었을 뿐이니까. 그렇다면 한눈에 반한 걸까? 그쪽이 더 타당했다. 아니면 그도 그녀처럼 전생의 기억을 혼자 품고 있을지도 몰랐다. 그쯤에서 서재는 속절없이 이어지는 망상을 멈추었다. 지나친 망상은 곤란했다.

"내일 강의 있어?"

그가 물었다.

"응."

서재는 망설임 없이 대답했다. 그와 다시 만나고 싶었다.

"그럼 수담호에서 볼래?"

"수담호?"

서재가 놀라 되물었다. 수담호는 그냥 호수가 아니었다. 380년 전 현달이 빠져 죽은 곳이었다. 현달이 그 호수에 던져지던 날, 그녀는 그를 따라 호수에 몸을 던졌지만 끝내 죽지 못했다. 구조된 그녀는 홀로 남은 생을 살아야 했고, 백발이 되어서야 다시 몸을 던져 현달의 곁으로 갈 수 있었다. 환생을 기억하는 운명은 그 순간부터 주어졌다. 백발의 몸으로 가라앉으며 연인과의 삶을 되새기는 동안 그녀의 육신은 죽어 갔지만, 사랑은 불사가 된 셈이었다. 환생을 거듭할 때마다 한 번씩은 물에 빠지는 사고가 있었다. 그때마다 죽을 고비를 넘기고 나면 전생의 기억이 파노라마처럼 떠올랐다. 물은 그녀에게 죽음이자, 기억의 문이었다.

어쨌거나 문제의 수담호는 서재가 기억하는 최초의 그녀가 죽은 뒤 흙으로 메워졌다. 다른 생의 그녀가 그곳을 찾아가곤 했지만 이미 오래전에 호수의 모습은 사라진 상태였다. 그런데 느닷없이 이강의 입에서 수담호 얘기가 나오다니.

"수담호 몰라? 우리 학교 중정이 그 호수를 매립해서 만든 거였는데, 학교 창립 120주년 기념으로 다시 복원했다던데? 아무튼 내일 개방하면서 축제를 한다고 하더라."

이후로도 호수에 대한 정보가 쏟아져 들어왔지만 서재의 상념을 끊어 내지는 못했다. 세 남자도 모자라 수담호까지 돌아오다니. 갑작스레 밀려드는 과거에 현기증이 났다. 왜 그녀의 전생이 현생으로 몰려오는 걸까. 숱한 물음표가 이어졌지만 아무것도 짐작할 수 없었다. 그저 운명이라는 말랑말랑한 말만 떠오르면서 낭만적인 상상에 빠져들 뿐.

낭만의 관성 때문일까? 이렇게 거대한 일들이 휘몰아치는 와중에도 이강과 눈이 마주치는 순간에는 복잡한 생각이 모두 사라지고 설렘만 남았다. 그가 깨끗한 미소를 보일 때 특히 그랬다. 단순한 설렘일까, 특별한 인연의 조짐일까. 그에게서는 전생에 사랑했던, 혹은 사랑하지 않았더라도 어떤 인연으로 얽혔던 이들의 기운이 전혀 느껴지지 않았다.

그렇다면 이 아이는 또 뭘까. 왜 갑자기 바람처럼 나타나 자신의 일상에 스며드는 걸까. 이 남자와는 정말 아무런 과거의 접점이 없는 걸까. 서재는 강아지처럼 코를 킁킁댔다. 그에게서도 전생의 그들과 같은 베이스노트가 풍겨 오는지 확인하고 싶었다.

"조심해."

그녀가 갑자기 그에게로 몸을 기울이자 이강은 급히 서재를 부축했다. 그녀가 중심을 잃었다고 오해한 모양이었다. 서재는 그 오해가 민망해지지 않도록 그에게 자연스레 기댔다. 날카로운 턱선 너머로 올려다본 그의 속눈썹은 곧고 길었다. 그녀는 마치 새로운 우주를 탐험하듯 그를 탐색했다. 쌍꺼풀 없이 반듯하게 뻗은 눈매. 그 아래 깊게 박힌 암갈색 눈동자가 투명하게 빛나며 흔들렸다. 아름다움. 남자에게는 어색한 단어지만 지금 순간의 감상을 대체할 말이 떠오르지 않았다. 분명한 것은 그녀가 순식간에 그에게 매료되었다는 사실이었다.

심장이 또다시 요동쳤다. 꼬시려던 것은 아니었다. 심지어 꼬셔진 것은 그녀 쪽이었다. 이강은 아무것도 하지 않았는데 서재의 심장이 혼자서 두근대고 있었다. 모든 게 엉망이었다.

집에 도착하니 자정이었다. 그녀는 뜨거운 물을 가득 받아 놓은 욕조에서 몸을 녹인 후, 머리도 말리지 않은 채 침대 위로 널브러졌다. 방바닥에 옷가지들이 흩어져 있었지만 치울 엄두는 나지 않았다. 하루 종일 긴장해서인지 으슬으슬 감기 기운이 올라왔다. 그러나 약상자를 꺼내려면 침대를 벗어나야 했다. 서재는 약 먹기를 포기하고 이불로 몸을 꽁꽁 싸맸다.

급기야 열이 나기 시작했다. 생각을 멈추고 싶었다. 하지만 그럴 수가 없었다. 갑자기 눈앞에 나타난 수안, 현달, 영호가 정말 그녀가 사랑했던 그들인지 알고 싶었다. 그리고 취중에 키스를 나눈 그 동영상 속 남자도 누구인지 알아내야 했다.

서재는 핸드폰을 꺼내 저장해 둔 키스 동영상을 재생했다. 몇 번이나 반복해서 영상을 보면서 상대를 확인하려 화면을 키웠다 줄였다 했다. 비록 그의 얼굴을 확인할 수는 없었지만 다른 부분에서는 상당한 수확이 있었다. 그의 팔뚝은 현달의 팔뚝을 꼭 빼닮았다. 일단 키스 상대를 현달이라 단정하고 돌아누웠다. 그러나 다시 생각해 보니 우아하게 뻗은 목선과 넓은 등은 영락없이 수안이었다. 확인을 위해 또다시 영상을 켰다. 이번에는 가늘지만 마디가 굵은 손가락을 보고 영호라고 결론지었다. 서재는 혼란스러웠다. 이게 뭐하는 짓이람.

미지의 인물에 대한 추리가 허사로 끝나자 오늘 하루의 일을 곱씹어 보았다. 처음에는 수안을 찾는 데 혈안이 되어 있었지만 정작 놀라웠던 것은 현달과의 재회였다. 그러나 현달을 놓쳐 버렸을 때보다 이강과 헤어지던 순간이 더 아쉬웠다. 뭐라고? 아니, 그럴 리 없었다. 이강은 이제 막 알기 시작한, 심지어 앞으로 다시 보게 될지조차 알 수 없는 상대였다. 그러나 현달은 달랐다. 그를 사랑하기 위해서는 목숨을 걸어야 했던 시절, 그녀는 주저함 없이 자신이 가진 모든 걸 내던졌다.

과연 이강을 위해서도 그렇게 할 수 있느냐 묻는다면 대답은 명확했다. 예나 지금이나 그녀는 무모함과는 거리가 먼 여자였다. 다만 사랑할 가치가 있다고 여기는 이에게는 열정을 아끼지 않을 뿐이었다. 수안, 현달, 영호, 세 남자 중 누구라도 목숨을 내어 달라면 그럴 수 있었다. 그러나 이강은 해변가의 모래알 같은 인연일 뿐이었다. 그와 모래성을 쌓을지도, 만약 쌓는다면 어디까지 이어질지도 아직 알 수 없었다. 서재는 도무지 잠이 오지 않아 책장에 꽂혀 있는 《무아》를 꺼내 아무 페이지나 펼쳤다.

"다르게 살고 싶어요."
"지금은 어떤데?"
"평범해요."
"그럼 그냥 평범하게 살아."

하필이면 이런 대화라니. 수안의 몹쓸 말투에 또다시 상처받았다. 그는 항상 모질게 굴었다. 그러다 그녀가 버티지 못해 돌아서려 하면 가시 속에 있던 여린 알맹이를 드러내고 그녀의 발목을 묶었다. 그를 사랑한 것은 틀림없었다. 그러나 행복했는지 묻는다면 돌려줄 말이 없었다. 다만 정말 많이 울었다는 사실만 기억난다.

다른 이들과는 어땠을까. 현달과는, 영호와는 행복했었나? 서재는 끝없이 꼬리를 무는 생각을 따라 과거로 거슬러 올라

갔다. 결국 380년 전의 여름에 이르러서야 그녀는 깊은 잠에
빠졌다.

다행스럽게도 키스 동영상은 잠잠했다. 서재는 정신없는
와중에도 그녀의 흑역사가 다른 곳에 유포되지는 않았는지
확인해 보았지만 문제는 없었다. 애초에 왜 그런 영상을 찍은
걸까. 퍼뜨릴 작정이라기에는 지나치게 조용했고 개인적인
호기심이라 여기기에는 무모했다.

그러나 가장 궁금한 것은 역시 '누구'와 키스했는지다. 실질
적으로는 누가 촬영한 건지, 의도가 뭔지 확인하는 일이 더 시
급했지만 서재는 그 문제를 잠시 뒤로 밀어 두기로 했다. 한순
간의 장난은 흔했다. 물론 사소한 사건이 인생 전체를 흔들어
버리는 일도 허다했지만.

서재는 원점으로 돌아갔다. 지금 중요한 것은 수안을 찾는
일이었다. 그를 찾아낸다면 이후의 일은 간단했다. 과거의 그
와 동일 인물인지 확인하고 키스 상대가 수안이었는지 알아
보면 된다. 만일 그녀가 평범한 여자였다면 불필요한 자존심

이 방해물이었을지도 모른다. 그러나 반복되는 생을 돌이켜 보면 괜한 수줍음에 크고 작은 인연을 놓치는 경우가 많았다. 그걸 체화한 지금 자존심에 머뭇댈 이유는 없었다. '감정에 솔직하고 즉시 표현하자.' 이번 생에서 그녀가 세운 가치관이었다.

수담호에서 오후 2시, 어때?

이강에게 메시지를 보냈다. 단서를 찾기 위해 수담호에 가야 했다. 그가 먼저 제안했으니 구실이 좋았다. 솔직히 말하면 그가 보고 싶기도 했다. 이강은 확실히 이전 생에서 접점이 없던 인물이다. 하지만 그가 궁금했다. 외적인 매력도 크게 작용했지만 그녀의 소설을 소중하게 다루고 있다는 점에서 정서적 유대가 느껴졌다. 소설에 대한 감상도 궁금했다. 대부분의 사람들은 주인공에게 이입해서 이야기를 따라가니 그 역시 그녀의 마음을 따라 움직였을까? 아니면 같은 남자이니 수안의 마음을 헤아렸을까? 만약 그가 수안에게 공감했다면 그때 풀지 못했던 의문들을 이강의 입을 통해 들을 수 있을까? 만남에 대한 기대감이 몸집을 키워 갔다.

기대감을 드러내듯 그녀는 오전 내내 옷장 속에 파묻혀 있었다. 예쁜 옷을 입고서 만나고 싶었다. 치마가 좋을까, 바지를 입을까? 아니면 역시 원피스가 예쁠까? 그의 취향을 가늠하며 옷을 고르는 동안 줄곧 들떴다. 대부분의 데이트는 만남 자체보다 만나기 직전까지의 행복감이 더 컸다. 그녀가 사랑했던 그 남자들과의 데이트를 제외하고는 말이다. 이강과는 어떨까? 신발장에서 구두를 고르던 그녀는 문득 궁금해졌다.

이강은 약속 장소에 먼저 와서 기다리고 있었다. 거리가 좁혀질수록 서재의 심장박동이 빨라졌다. 이런 설렘은 정말 오랜만이었다.

"일찍 왔네?"

이강이 인사를 건넸다.

"나보다 먼저 와 놓고."

서재는 약속 시간보다 5분 일찍 도착한 상태였다.

"약속에 늦는 게 싫어서 정해진 시간보다 빨리 움직이는 편이야. 그게 마음 편하거든."

좋은 대답이었다. 시간 약속을 잘 지킨다는 것은 믿을 만한 사람이라는 징표였다. 서재가 선택했던 남자들은 그녀와 비

숫한 시간관념을 가지고 있거나, 애초에 문제가 생길 소지가
없었다. 수안은 '시간을 지키는 일 하나만 잘 해내면 다른 점
이 부족해도 점수를 크게 잃지 않아'라고 말하고는 했다. 현
달은 오전에 해가 떠서 오후에 해가 질 때까지 그녀만을 위해
시간을 썼다. 영호는 그녀와 일거수일투족을 함께했기에 시
간의 어긋남이 존재하지 않았다. 서이강, 이 남자는 어떨까?

막상 눈앞에 펼쳐진 호수를 보니 걱정과 달리 마음이 평온
했다. 서재의 기억 속 수담호는 이름 모를 수풀에 가려져 비밀
스러운 기운을 풍겼는데, 지금은 여느 호수들처럼 조경이 잘
되어 있었다. 운명을 좌우하는 묘령의 힘을 가졌던 곳이 이제
는 너무 평범하게 보여 서재는 불쑥 겁이 났다. 그녀가 기억하
는 전생의 시간들이 부정당하는 것 같았다.

"피곤해?"

이강이 물었다.

"아니. 왜?"

"안색이 창백한데."

이강은 가볍게 그녀의 손을 감싸 쥐었다. 그 담백함에 오히
려 설렜다.

"손이 차갑네."

그는 진심으로 그녀를 걱정했다. 다정한 남자였다. 모처럼 보호받는 기분이었다. 낮에 보는 이강은 밤에 볼 때보다 몇 배는 더 멋졌다. 빳빳한 데님 셔츠는 이제 막 갈아입은 듯 정갈한 느낌이 났고, 단추를 두어 개 풀어 두어 드러난 목덜미는 햇빛에 그을려 있었다. 오전 시간의 흔적이었다.

"아침부터 농구했거든."

싱긋 웃는 그에게서 샤워 코롱 향기가 났다. 운동을 마치고 샤워한 뒤 곧장 온 것이 틀림없었다. 날카로운 핑크페퍼 향은 그와 잘 어울렸다. 그리고 주니퍼와 갈바넘의 여운이 설렘을 더했다. 없던 연애 감정도 불러낼 만큼 근사한 향이었다.

"향수 써?"

서재가 물었다.

"가끔?"

"오늘은?"

"비밀인데."

이강은 제가 말하고도 멋쩍었는지 어색하게 웃었다. 서재는 그가 향수를 뿌렸는지 알아내겠다는 핑계로 그의 옷자락에 고개를 묻고 코를 킁킁댔다. 옷자락 너머로 파닥거리는 그의 맥박이 고스란히 느껴졌다. 불규칙하게 뛰는 그 울림이 그

전생의 구남친들

녀의 뺨에 닿을 듯 생생했다.

그때였다. 수담호 건너편에 갑작스레 현달이 나타났다. 거리가 멀어 체취로 확신할 수는 없었지만 미술관에서 해프닝을 벌였을 때의 인상이 너무 강렬해서 수수한 이목구비와 단단한 체형이 스냅사진처럼 또렷하게 그녀의 머릿속에 자리 잡고 있었다.

"혹시 강아지 좋아해?"

이강이 물었지만 서재는 듣지 못했다. 현달에게 정신이 팔려 그의 말을 놓쳐 버린 것이다. 달라진 기류를 감지한 이강은 그녀의 시선을 따라 호수 맞은편을 바라보았다. 그러나 현달은 여러 명의 친구와 섞여 있었기 때문에 정확히 그녀가 누구를 바라보고 있는지는 알아내지 못했다. 다만 그녀의 눈빛이 몹시 깊어졌다는 것만 눈치챘을 뿐이다.

이강의 온도 역시 달라졌다. 그러나 서재는 변화를 전혀 알아채지 못했다. 그녀는 한순간도 현달에게서 눈길을 떼지 않았다. 현달은 가벼운 차림으로 농구공을 튕겨 가며 친구들과 장난을 치고 있었다. 이강이 또다시 뭐라 말을 걸어왔다. 서재도 대충 뭐라 대꾸했다. 하지만 둘은 서로를 마주 보지 않았다. 여전히 이강은 서재를, 그녀는 현달을 바라보고 있었다.

어느 순간 이강도 침묵했다. 언제부터인지는 알 수 없었다.

수담호는 평화로웠다. 잔인한 기억을 흔적도 없이 묻어 버린 채. 서재는 자신과 현달의 과거가 가엾어 가슴이 아렸다. 지금의 현달은 웃고 있었다. 다행이었다. 어쨌거나 지난 일이고 그는 과거의 상처 따위는 기억도 못 할 테니 그걸로 충분했다.

잠시 후 현달과 친구들의 시선이 동시에 서재에게 쏠렸다. 현달이 이쪽으로 걸어오기 시작했다. 착각이겠지? 서재는 애써 부정했다. 기대했다가 어긋나서 실망하기 싫었다. 그가 점점 가까워졌다. 심장이 빠르게 뛰었다. 그가 왔다. 무한한 시간을 넘어.

"안녕?"

조금은 장난스러운 어투로 현달이 말을 걸어왔다.

"어, 안녕."

서재는 짧은 대답을 하는 순간조차 떨렸다. 필사적으로 평정심을 유지해야 했다.

"혹시 괜찮으면 전화번호 줄 수 있어?"

깔끔한 용건이었다. 순간 이강의 시선이 차갑게 현달을 스쳤다. 그 눈빛의 의미가 무엇인지 서재는 알 수 없었다. 연인 사이일지도 모를 상대가 있음에도 무턱대고 연락처를 묻는 현달이 불쾌해서일 가능성이 높았다. 그러나 현달은 물론이고 서재조차도 그의 기분을 살필 여력이 없었다.

"나?"

일단 의례적인 반응을 보였다. 생각할 시간이 필요했다. 물론 그에게 번호를 줄 생각이었다. 그러나 이 상황이 너무 급작스러워 불안한 마음이 들었다.

"너한테 관심 있어."

현달은 싱긋 웃으며 담백한 고백을 던졌다. 서재의 얼굴이 순식간에 빨개졌다. 380년 전의 여운이 되살아나 바람을 타고 그녀의 머리카락을 흩뜨렸다. 서재는 문득 그를 처음 보았던 날이 떠올랐다. '예뻐.' 그날의 현달도 오늘과 같았다. 표현에 가감이 없었다.

"입력해 줘."

현달은 싱긋 웃으며 자신의 핸드폰을 그녀의 손에 쥐여줬다. 순간 서재는 잠시 멍해졌다. 이름을 뭐라고 적지? 이무아? 그 이름을 적으면 나를 알아봐 줄까? 서재는 그의 눈을 바라보았다. 그러나 그의 맑은 눈동자 어디에도 추억은 없었다. 이. 서. 재. 결국 그녀는 정직한 세 글자를 입력하고 핸드폰을 다시 건넸다.

"이서재. 이름 예쁘다."

서재는 네가 더 예쁘다고 말하고 싶었다. 웃는 얼굴이 그랬다. 하지만 과거의 현달과 닮은 구석은 없었다. 그 점이 조금 서운했다. 완벽하게 같은 얼굴일 거라는 기대는 없었지만, 조금은 비슷할 수도 있지 않을까 하는 생각을 했다. 그러나 체취 외에는 전혀 닮지 않았다.

"내 이름은 현달이야. 하현달"

현달은 서재가 저장해 둔 번호로 전화를 걸었다. 그러고는 그녀의 전화가 울리는 걸 확인하고서 핸드폰을 주머니에 넣었다. 서재도 그의 연락처에 이름 석자를 적어 저장해 두었다.

"하현달. 네 이름이 더 예쁘네."

서재는 그의 이름을 곱씹으며 다시 안도했다. 과거와 같은 이름을 쓰고 있다는 사실이 위안이 되었다. 같은 향기와 같은 이름. 절대 우연일 수 없는 조합이었다.

"그럼 연락할게."

현달은 짧은 인사를 남기고 뒤돌아 걸어갔다. 남겨진 그의 향기를 맡다 보니 어쩌면 그가 취중 키스의 상대일지도 모른다는 생각이 들었다.

"잠깐!"

서재는 현달을 불러세웠다. 그는 의아한 표정으로 그녀를 돌아보았다.

"괜찮냐고… 물어봐 줄래?"

난데없는 요청이었지만 그녀의 표정은 장난기 없이 진지했다.

"괜찮아?"

현달의 말투는 어색했다. '그때'와 같은 상황이어야 하는 걸까? 당시에는 인사불성인 그녀가 걱정되어 그런 말투와 목소리로 물었던 거였다.

서재는 잠시 망설였다. 진심으로 날 걱정해 달라고 해 볼까? 미쳤다고 생각하겠지? 이쯤 되면 걱정될 수준의 집착이기는 했다. 하지만 궁금한 것은 참을 수 없었다. 서재는 다시 한번 같은 청을 했다. 차마 감정이입까지는 청하지 못했다. 그는 여전히 이해할 수 없다는 표정이었지만 순순히 서재의 말을 따랐다.

"괜찮아?"

서재는 눈을 감고 현달의 음성에 집중했다. 취중 키스라는 흑역사를 만들기 직전, 묘령의 상대가 냈던 목소리가 그녀의 세포 곳곳에 각인되어 있었다. 목소리의 주인공이 나타난다면 그때의 미세한 떨림 하나까지도 놓치지 않을 자신이 있었다. 하지만 지금은 그때와 달랐다. 소음도 많았고 공간도 훨씬 넓었다. 같은 조건이 아니니 같은 사람이라 해도 구분하기 어려울 수 있었다. 결국 서재는 목소리 탐색에 실패했고 현달은 다시 친구들에게로 돌아갔다.

"그렇게 막 줘도 되는 번호야?"

볼멘소리가 들려왔다. 이강이었다. 이런, 그의 존재를 까맣게 잊고 있었다니. 순간 미안함이 밀려왔다. 그는 제법 점잖은 척했지만 번호를 달라는 현달도, 선뜻 내어 준 서재도 못마땅한 눈치였다.

"미안. 오래 기다렸지? 아무래도 아는 애 같아서."

서재는 사과와 변명에 웃음을 버무렸다. 거짓말을 덧댄 것은 나름의 예의였다. 방치된 기분이 들게 했다는 사실이 미안해서였다. 현달에게 정신이 팔려 그를 배려할 여력이 없었다. 우스운 사실은, 그 와중에 묘하게 들뜨기 시작했다는 것이다. 이강이 질투하는 게 좋았다. 지금 뭐 하자는 거지, 이서재? 과거의 연인들도 모자라 새로운 남자에게 설레 버리다니. 누구도 사랑하지 않겠다던 다짐이 무색해지는 순간이었다.

"아이스크림 먹으러 가자. 사과의 의미로 내가 살게."

그녀는 진심 어린 사과에 살짝 애교를 얹었다. 진심의 힘일까 애교의 마법일까. 다행히 이강은 미소로 그녀의 사과에 응했다.

서재와 이강은 교정을 빠져나가기 위해 발걸음을 옮겼다. 그런데 하필 그 길은 현달이 친구들과 함께 있는 쪽으로 이어졌다.

"성공이야."

현달은 친구들에게 핸드폰을 들어 보이며 자랑했다. 그때까지만 해도 서재는 의기양양한 그의 모습이 무엇을 의미하는지 몰랐다. 하지만 뒤에 이어진 그들의 대화를 듣고 상황을 깨달았다.

"봤지? 내가 뭐라 그랬어. 번호 줄 거라고 했잖아."

"성질 있어 보이던데 생각보다 쉽네?"

현달은 내기에서 이겼다며 돈을 달라고 했고 친구들은 탄식하며 그에게 돈을 주었다. 서재는 손이 덜덜 떨렸다. 그녀가 핸드폰 번호를 줄지 여부를 놓고 내기를 벌이다니. 서재는 배신감에 얼굴이 굳었다. 얼른 곁눈으로 이강을 살폈더니 그는 핸드폰 화면을 보며 뭔가를 찾느라 그들의 이야기는 듣지 못한 눈치였다. 불행 중 다행이었다. 이런 상황을 그에게 들키고 싶지 않았다.

"미안한데 아이스크림은 다음에 사 줄게."

서재는 일방적인 통보를 던져 놓고는 이강을 떠났다. 도망치고 싶은 마음에 걸음이 빨라졌다. 당황한 이강의 걸음이 따라붙었지만 서재는 달리다시피 그에게서 멀어졌다. 그러나 그가 그녀보다 빨랐다.

"내가 뭐 잘못했어?"

순진한 물음이었다. 미안함이 배가되었다. 저 잘난 얼굴을 보고 있으려니 후회도 솟구쳤다. 그러나 마음과 달리 입에서는 야멸친 말이 튀어나왔다.

"이거 놔."

화가 나서는 아니었다. 지금은 그저 도망치고 싶었다.

"이렇게 화내고 가면 어떡해? 설명은 해 줘야지."

이강은 답답한 모양이었다. 사실 그가 옳았다. 이제 막 알아가기 시작한 상대에게 제멋대로 감정을 쏟아 놓는 것은 미숙한 짓이었다. 하지만 설명이라니. 이 감정을 어떻게 설명할 수 있을까. 과거에, 아니 전생에 진심으로 사랑했던 남자가 한낱 내기거리로 자신을 써먹어 속상하다고? 그리고 하필 그 장면을 이제 막 설레 버리기 시작한 남자에게 들킬 뻔해 민망하다

전생의 구남친들

고? 게다가 그 남자가 바로 너라고?

서재는 차라리 입을 다물기로 했다. 미친 사람 취급 받을 바에야 오해받는 편이 나았다. 그런데 서재가 이강을 뿌리치려던 그때 갑작스레 이강의 손에서 힘이 풀렸다. 쿵! 둔탁한 마찰음이 울리고 이강이 바닥으로 휙 고꾸라졌다. 누군가 그를 세게 가격한 것이다. 서재는 너무 놀라 상대를 확인할 새도 없이 소리쳤다.

"저기요! 지금 뭐 하는 거예요?"

상대가 누구건, 무슨 이유에서건 폭력을 쓰는 것은 용납할 수 없었다. 더군다나 이강을 건드리다니. 내 남자는 아니지만 그 후보쯤은 될 수 있는 사람이었다. 서재는 절대 참지 않겠다고 다짐하며 상대를 노려보았다. 그리고 순간 너무 놀라 숨이 멎었다. 임수안?

"여자가 싫다는데 추하게."

수안은 바닥에 쓰러진 이강을 보고 이죽거렸다. 시간이 잘못 엉킨 걸까? 그토록 찾던 그 남자가 맞긴 한 걸까? 서재는 당장 그가 정말 그 수안인지 확인하고 싶었다. 하지만 억울하게 얻어맞은 이강을 그냥 두고 볼 수는 없는 노릇이었다. 수안이 하필이면 이런 순간에 이런 식으로 등장하다니.

"저기요, 지금 그런 상황 아니거든요?"

서재는 버럭 화를 냈다. 그 와중에도 우리가 존대를 해야 하는 사이인가, 라는 생각이 스쳤다. 전생에 그녀는 존대를 했고 그는 말을 놓았다. 당시 둘은 나이 차이가 상당했다. 그와 상관없이 다시 생각해도 존대가 맞았다. 지금 생에서 두 사람은 초면임이 분명했으니까.

"그럼 어떤 상황인데?"

그녀의 고민이 무색하게 수안은 대뜸 말을 놓았다. 혹시… 나를 아는 걸까? 그러나 지금은 그런 걸 따질 겨를이 없었다.

"그건…."

서재는 할 말이 떠오르지 않았다. 일단 숨을 고르고 차분히 지금 상황을 되짚었다. 자신이 현달 때문에 민망해져 도망쳤고, 이강은 그저 그녀가 화가 난 이유를 듣고 싶었을 뿐이다. 정작 화풀이를 한 쪽은 그녀인데 어처구니없게도 이강이 봉변을 당한 것이었다.

서재는 쓰러진 이강을 일으키고 다친 곳이 없는지 살폈다. 주먹이 제법 매서웠는지 벌개진 볼이 부풀고 있었다. 서재는 급한 대로 차가운 자신의 손바닥으로 부어오른 볼을 식혀 주었다. 손에 닿은 그의 볼이 점점 뜨거워졌다.

"괜찮아?"

이강의 얼굴을 살피려니 왈칵 눈물이 솟았다. 속상함과 창피함이 동시에 치밀었다. 그러나 지금 울어 버리는 것은 최악이었다. 이강은 민망했는지 서재의 손을 슬쩍 뿌리치고는 수안과 마주 섰다. 그의 눈에 날것의 분노가 일렁였다. 이대로 두면 난타전이 벌어질지도 몰랐다. 긴장된 순간이었다. 싸움이 일어나는 것은 막아야 했다.

서재는 재빨리 이강을 등지고 수안을 마주 보며 두 사람 사이를 가로막았다. 이강과는 친구 사이고, 자신이 괜히 화풀이를 하다가 일이 이렇게 되었다고 설명을 시작하려 했다.

"안 돼!"

비명이 설명을 대신했다. 이번에는 이강이 수안에게 주먹을 날렸다. 세상에. 여자 하나를 두고 싸우는 것은 그녀가 읽던 소설의 단골 장면이었지만, 막상 눈앞에서 보니 전혀 로맨틱하지 않았다. 한마디로 난장판이었다.

다행히 꼴사나운 난투극에서도 수확은 있었다. 이강은 운동으로 단련된 남자라는 걸 알게 되었고, 수안은 현생에서도 여전히 약골이었다. 한 남자에게서는 매력을 느꼈고 다른 남자에게서는 확신을 얻은 셈이었다. 그러나 그 이상의 생각은 할 새도 없이 서재는 온몸으로 달려들어 두 사람을 막아야 했다. 그럼에도 불구하고 결국 세 사람은 나란히 경찰서로 끌려가는 신세가 되었다.

경찰들은 모처럼 한가했는지 각자의 자리에서 세 사람을 관찰하며 자기들끼리 눈빛을 주고받았다. 마치 막장 드라마를 시청하는 눈빛들이었다. 오늘따라 대한민국 범죄자들의 씨가 마르기라도 한 걸까. 민중의 지팡이가 이렇게 한가하다니. 서재는 벌떡 일어나 각자 볼일들 보시라고 쏘아붙이고 싶었다. 그러나 한편으로는 이해가 되기도 했다. 부어터진 얼굴의 두 남자와 그 사이에 낀 여자 하나. 누가 봐도 치정극의 한 장면을 옮겨 놓은 듯한 모습이었으니 말이다.

서재는 한숨을 쉬고 수안과 이강의 얼굴을 번갈아 바라보았다. 상처 입은 상태로만 보자면 이강의 완승이었다. 속상한 마음에 수안을 흘겨보았다. 싸우지도 못하는 사람이 왜 쓸데없이 덤벼서 이 난리인지. 그러나 쏘아보던 눈빛은 어느 틈에 애틋함으로 변해 있었다. 눈썹 위에 난 긁힌 상처가 속상했고 터진 입술에서 흘러나오는 핏물이 가슴 아팠다.

"이름."

맞은편에 앉은 경찰이 물었다.

"임수안입니다."

경찰의 질문에 마치 확인 사살이라도 하듯 나온 그의 이름 석자가 그녀의 심장을 난사했다. 확신에 확신을 더해도 믿기 어려운 현실이었지만 이제는 믿어야 했다. 그가 그녀가 아는 수안이라는 사실을 말이다.

"서이강입니다."

두 사람이 답할 때마다 서재의 시선은 반사적으로 입을 여는 쪽으로 향했다. 수안을 바라볼 때는 수안의 편이 되었고 이강을 바라볼 때는 수안의 적이 되었다. 서재가 두 남자의 상태를 살피는 사이 경찰은 그들에게 질문을 쏟아 냈다. 서재에게도 예외는 아니었다. 날카롭게 몰아세우는 경찰의 태도에 자신은 가해자가 아니라 피해자라고 항변하고 싶었지만, 질문에 답하기도 벅찬 상황이었다. 게다가 그녀가 피해 사실을 강조할수록 수안이 불리해질 게 분명했다. 수안을 곤란하게 할 수는 없었다.

"진술서 작성 전에 경위부터 들을게요. 셋이 서로 아는 사이 맞죠?"

서재는 다시 한번 두 남자의 얼굴을 번갈아 보았다. 뭐라 말하기 애매한 상황이었다. 반복되는 그녀의 전 생애를 통틀어 수안보다 더 잘 아는 이는 없다고 자신 있게 말할 수 있었다. 수안은 여름보다 겨울을 좋아하고, 매운 음식보다 단 걸 좋아하고, 잠을 적게 자고, 음식도 적게 먹고, 몸에 닿는 것들에 예민하고, 향이 강한 것은 싫어하고, 좋아하는 상대일수록 상처받기 싫어 밀어내고 또 밀어내는 성격의 소유자다. 그러나 현재 시점에서만 보자면 수안과 서재가 얼굴을 마주한 것은 이번이 처음이다. 그러니 수안에 대해 '서로 아는 사이'라고 말할 수는 없었다.

그리고 따지고 보면 이강에 대해서는 아는 게 없었다. 그의 취미가 뭔지, 좋아하는 음식은 어떤 종류인지, 겨울을 좋아하는지 여름을 사랑하는지, 어떤 여자에게 매력을 느끼는지, 바다와 산 중 어느 곳을 바라볼 때 행복한지 알지 못했다. 그러나 이강은 더없이 친밀한 얼굴로 서재를 보며 눈을 깜빡이고 있었다. '우리는 정말 친한 사이잖아'라는 표정으로. 모든 게 엉망이었다.

"여자분을 두고 남자 두 분이 싸우신 거고요?"

"아니에요! 그런 거 아니에요!"

서재는 저도 모르게 소리치며 벌떡 일어섰다. 민망함의 발현이었는데 갑작스레 일어서는 바람에 의자가 넘어지자 민망함은 두 배가 되었다. 뒤통수 쪽에서 경찰들의 키득거리는 소리가 들렸지만 서재는 애써 무시했다. 반응할수록 더 꼬여 가는 상황임이 분명했다.

서재는 마음을 가라앉히려 이강을 바라보았다. 그 역시 피식 웃고 있었다. 이강을 흘겨본 뒤 수안에게로 눈길을 돌렸다. 수안은 한심하다는 듯 혀를 끌끌 차고 있었다. 서재는 당장 수안의 등짝을 때리고 싶었지만 겨우 참았다. 여기는 경찰서니까.

"그래요? 그럼 이분은 왜 맞으신 거죠?"

경찰의 말에 서재는 이강을 보았다. 그의 잘난 얼굴은 풍선처럼 부풀어 올라 천장에 닿을 것만 같았다.

"나도 그게 궁금하네."

이강이 퉁명스럽게 중얼대며 수안을 쏘아보았다.

"여자분이 거절하는데 붙잡길래 본능적으로 반응했을 뿐입니다."

수안의 대꾸에 서재의 고개가 수안 쪽으로 돌아갔다. 피딱지가 앉은 수안의 입술이 묘하게 씰룩였다. '심지어 자신이 더 맞았다'는 말을 삼키는 눈치였다. 아마도 자존심 때문일 것이다. 서재는 그런 그가 귀여워 하마터면 웃어 버릴 뻔했다.

"사람을 뭐로 보고? 우린 친구라고요!"

이강의 항변에 서재는 얼른 그를 돌아보았다. 친구라고? '친구'라는 단정한 두 글자가 서운했다. 우리… 더 나간 사이 아니었니? 너는 내 손을 잡았고 나는 네 뺨을 만졌잖아. 서재는 하마터면 속엣말을 입 밖으로 내뱉을 뻔했다. 서재는 또다시 스스로를 나무랐다. 이서재, 도대체 뭐라는 거야?

"제발 그만."

서재는 얼굴을 감싸 쥐고 중얼댔다. 그녀 자신에게 하는 말이었는데 어쩐 일인지 두 남자가 동시에 숙연해졌다. 사실 그럴 법도 했다. 지금의 상황을 만든 것은 어쨌거나 두 사람이었으니까.

"일단 사안이 경미하니까 서로 합의를 보신 걸로 처리할게요. 따로 조사 안 합니다. 연락처는 서로 교환하셨죠?"

경찰은 이제 흥미가 사그라들었는지 슬슬 정리에 나섰다.

"그쪽 번호 주시겠어요?"

경찰의 말에 수안이 불쑥 서재에게 번호를 물었다. 서재는 내심 반가웠다. 안 그래도 그와 대화하고 싶었다. 궁금한 것도 많았고 물어볼 말은 더욱 많았다. 그러나 이강이 신경 쓰였다. 그의 화난 얼굴을 보자니 차마 어떤 말도 마음 편히 꺼낼 수가 없었다.

"받을 일 없을 텐데요?"

서재가 입을 열기도 전에 이강이 먼저 나섰다. 서재의 입꼬리가 슬쩍 올라갔다. 이상하게 이강이 질투를 하면 기분이 좋았다. 질투하는 그의 모습은 제법 귀여웠다.

"그쪽은 참 짜증이 많네."

수안이 말했다.

"그쪽은 참 경우가 없고."

이강도 지지 않았다. 그녀가 짧은 행복을 만끽하는 사이 두 남자는 다시 으르렁대기 시작했다. 경찰은 어느 순간부터는 구경 모드에 돌입했고, 심지어 은근슬쩍 기름을 붓기도 했다. 확실히 싸움 구경만큼 재미있는 일은 드문 모양이었다. 서재는 난감함과 설렘 사이를 오가며 둘을 말리느라 우왕좌왕했다. 그사이 해는 저물었고 세 사람은 뭐 하나 얻은 것 없이 경찰서를 나서야 했다.

"이제 다시는 그쪽 얼굴을 안 봤으면 좋겠어요."

경찰서 문 앞에서 서재는 수안을 향해 톡 쏘아붙였다. 진심은 아니었다. 단지 조금 지쳤을 뿐이었다. 무엇보다 그의 이름을 부르지 못하고 '그쪽'이라 대처해야 하는 자신의 상황이 서글프기도 했다. 마치 기억상실증에 걸린 연인에게 자기 소개를 해야 하는 기분이었다. 아니, 어떤 면에서는 그보다 더했다. 기억상실증에 걸린 거라면 전생이 진짜로 존재한다고 설명할 필요는 없을 테니 말이다.

"이거 서운하네. 난 도와주려고 그런 것뿐인데."

그의 말이 옳았다.

"어쨌든 의도는 고마워요. 결과는 엉망이었지만."

서재는 아무 말이나 뱉었다. 그를 붙잡고 싶은데 어떻게 해야 할지 알 수 없었다. 그때였다. 수안이 갑자기 그녀를 확 끌어당겼다. 서재가 깜짝 놀라는 사이 그녀의 등 뒤로 오토바이가 지나갔다. 서재는 그대로 굳은 채 수안의 눈을 가만히 바라보았다. 이강이 지켜보는 걸 알고 있었지만 시선을 뗄 수가 없었다. 많이 보고 싶었다고 말하고 싶었다.

"손이 많이 가는 여자네."

수안의 말에 서재는 심장이 아파 왔다. 전생의 수안처럼 차갑고 멋없는 말투였다. 그 뻣뻣한 말투에 새삼 그리움이 솟았다. 강렬한 감정. 누르고 싶지 않았다. 서재는 그에게 한 걸음 다가갔다. 비에 젖은 침엽수 잎의 향기가 훅 끼쳐 왔다. 익숙한 체취가 자력처럼 그녀를 끌어당겼다.

"괜찮냐고 한번 물어봐 줄래?"

서재는 다시 한번 확인 작업에 들어갔다. 술 취한 밤에 키스해 버린 상대가 수안인지 확인하고 싶었다.

"웃기네. 맞은 건 난데?"

수안은 기가 찬 모양이었다.

"난 놀랐잖아. 그냥 좀 물어봐. 괜찮냐고."

서재는 눈을 감고 기다렸다. 잠시 후 한숨 소리에 이어 원하던 말이 귓가에 들려왔다.

"괜찮아?"

청량하고 날카로운 목소리가 언뜻 그날의 음성과 닮은 듯했다. 그러나 기억 속의 달콤함은 없었다. 하긴, 원래도 수안은 달콤함과는 거리가 먼 남자였다.

"늦었다. 데려다줄게."

이강이 수안과 서재 사이로 끼어들며 노골적으로 두 사람을 떼어 놓았다. 서재는 선선히 고개를 끄덕였다. 사실 오늘 하루만 놓고 보면 이강에게는 미안한 일만 가득했다. 적어도 남은 시간은 이강에게 쓰고 싶었다. 물론 수안에 대해 알고 싶은 마음이 더 컸지만 지금 당장 할 수 있는 일이 없을 뿐만 아니라 자신도 이미 녹초였다. 당장 침대에 몸을 파묻고 싶었다.

그리고 무엇보다, 서재는 알고 있었다. 설령 눈앞에 있는 이가 그때의 수안이 맞다고 해도 지금의 수안은 그녀를 사랑하지 않는다는 걸. 전생에 그토록 뜨겁게 사랑했을지언정 이제는 그저 머나먼 우주를 떠돌다가 처음 만난 타인일 뿐이라는 걸.

"걸어갈까?"

서재가 이강에게 물었다. 두 정거장 정도 되는 거리였지만 걷고 싶었다. 맑은 공기를 쐬면 복잡한 생각이 정리될 것 같았다. 이강은 그녀의 말에 따랐다.

"미안해."

한참을 걷고 나서 서재가 다시 입을 열었다. 그러나 이강은 고개를 저었다.

"네 탓이 아니잖아."

"아니. 모든 게 다 내 탓이야."

이제 막 이강을 알아 가는 중에 현달에게 설레 버린 게 실수였다. 이강이 부당하게 맞고 있었음에도 수안에게 흔들린 것 역시 잘못이었다. 오늘의 모든 혼란은 결국 자신의 탓이었다.

"혹시 하고 싶은 말 있으면 해. 앞뒤 맞지 않아도 좋고 거짓말이어도 좋아. 그냥 네가 하는 말을 다 들어 줄게."

밤공기는 차가웠지만 이강의 따뜻한 말 덕분에 서재의 마음에는 훈풍이 불었다.

"왜 그런 말을 하는 거야?"

"뭔가 힘들었던 것 같은데, 털어놓기 어려운 문제인 것 같아서."

정곡을 꿰뚫었다. 이 남자는 어떻게 내 상황을 훤히 알고 있는 걸까.

"정말 아무 말이나 해도 돼?"

"응."

"그럼 시작한다?"

"좋아."

서재는 잠시 숨을 고르며 무슨 말부터 꺼낼지 생각하다가 그냥 내키는 대로 떠들기로 했다. 계산 없이 말할 수 있는 기회는 흔치 않았다.

"나 얼마 전에 남자친구랑 헤어졌어."

"그래?"

"응. 근데 그 뒤로 이상한 일이 생겼어."

"어떤?"

"예전에 사귀던 남자들이, 아니 그 남자들 같기도 하고 아닌 것 같기도 한 사람들이 자꾸 나타나."

서재는 요즘 벌어지고 있는 일에 대해 솔직하게 털어놓았다. 환생이나 전생 같은 판타지적인 요소만 지우면 충분히 현실적인 고백이었다. 물론 그 대목을 빼 버리면 이강이 그녀의 도덕성에 대해 의문을 품게 될지도 모르지만 말이다. 이 남자저 남자를 오가며 갈등하는 여자가 좋게 보일 리는 없었다. 그러나 지금은 꾸밈없이 이야기하고 싶었다.

"이서재 인기 많네."

이강은 가볍게 웃으며 그녀를 바라보았다. 그의 온도는 아까보다 따뜻했다. 그녀가 진실을 털어놓았음에도 말이다.

"내가 인기가 좀 있긴 하지."

서재도 장난스레 받아쳤다.

"그래서 가장 힘든 건 뭐야?"

이강이 물었다. 그의 물음에 서재는 잠시 말을 멈추었다. 진즉 그녀 스스로 던져야 했을 중요한 질문이었다. 지금 가장 힘든 게 뭘까? 무엇을 원하기에 이렇게 힘든 걸까?

"…네가 좋아."

뭐라고? 서재는 자기가 말해 놓고도 어이가 없었다. 생각하지도 않았던 말이 왜 튀어나온 거지? 서재가 당황하는 사이 이강은 걸음을 멈추고 그녀를 바라보았다. 그녀가 던진 말을 곱씹는 눈치였다.

"음, 여기서부터는 혼자 갈게."

민망해진 서재는 이강이 무언가 물어볼 틈도 주지 않고 서둘러 발걸음을 옮겼다. 그가 어떤 생각을 갖고 있는지는 두 번째 문제였다. 그녀가 원하는 게 뭔지부터 확인해야 했다. 절대적으로 혼자만의 시간이 필요했다. 차분히 머릿속을 정리할 시간이.

집에 온 서재는 따뜻한 차를 마신 뒤 침대에 누웠다. 온몸에 힘을 빼자 매트리스가 그녀를 삼켜 버리는 것 같았다. 스르르 잠이 들려던 찰나 딩동 하는 문자 알림이 울렸다.

수담호에서 번호 땄던 하현달이야. 내일 시간 있어?

　잠결인 와중에도 분노가 치밀었다. 뻔뻔한 놈. 이번에는 만
남에 응할지를 두고 내기라도 한 걸까? 침대에서 일어나 핸드
폰을 책상 서랍에 쑤셔 넣었다. 그런데 불현듯 현달을 응징해
주고 싶다는 생각이 들었다. 서재는 다시 핸드폰을 꺼내 다음
날 점심 약속을 잡아 버렸다. 그제야 비로소 오늘 하루 그녀를
괴롭히던 '그 남자들'에게서 놓여났다. 서재는 모처럼 깊은 잠
에 빠져들었다.

　전날의 여파인지 서재는 기상 알람을 듣지 못했다. 현달과
의 약속 시간까지 30분밖에 남지 않았다. 지각은 확정이었다.
며칠 전 같았으면 머리부터 발끝까지 치장하느라 두 시간 이
상 공을 들였을 것이다. 그러나 오늘은 현달의 머리채라도 잡
고 싶은 심정이니 꽃단장을 할 이유가 없었다. 서재는 마음을
다잡듯 머리를 단단히 묶고 후드티를 입었다. 그리고 모자를
깊이 눌러 썼다. 맨얼굴을 가리기에 모자만큼 실용적인 아이

템은 없었다.

서재는 굽이 높은 운동화를 골라 신고 밖으로 나섰다. 키가 커 보이려는 욕심에 샀던 운동화인데 고무 굽이 단단해서 좀 과장하자면 무기와 다를 바 없었다. 이렇게 단단한 신발로 누군가의 정강이를 걷어찬다면 몇 분 동안은 걷기 힘들 정도의 타격감을 줄 수 있었다. 그 대상이 현달이 될지도 몰랐다.

미운 상대였지만 약속 시간은 꼭 지켜야 한다는 강박증이 있던 서재는 지각을 면하고자 열심히 달렸다. 정류장에 거의 다 와 가는 마을버스를 보고는 속도를 더했다. 다행히 버스 기사가 그녀를 발견했는지 승객을 태우고 출발했던 버스가 다시 멈춰 섰다.

"감사합니다."

큰 소리로 인사하며 버스에 오른 서재는 당황스러웠다. 아무리 찾아도 지갑이 없었다. 다시 집으로 돌아가면 지각은 물론이고 약속 자체가 틀어질 수도 있었다.

"오늘은 그냥 타세요."

기사가 따뜻한 말투로 말했다. 귀에 익은 말투였다. 서재는 그제야 익숙한 향기가 밀려옴을 느꼈다. 영호였다. 지난번 패션쇼장 백스테이지에서 마주쳤을 때는 인형탈을 덮어쓰고 있더니, 운전기사 일도 하는 걸까? 대체 얼마나 고단한 삶을 살고 있는 걸까? 전생에서도 그는 유복하지 못한 터라 끊임없이 아르바이트를 해야 공부할 수 있는 처지였다. 서재는 그의 운명이 원망스러웠다. 그러나 그녀가 목격한 것은 그의 일면일 뿐이었다. 더군다나 지금의 영호는 꽤나 즐거워 보였다. 깔끔한 얼굴에 어울리지 않는 트로트 노랫가락이 그의 입에서 흘러나오고 있었으니까.

서재는 버스 맨 앞자리에 앉아 운전석의 영호를 관찰했다. 백미러에 비치는 그의 얼굴은 말끔했다. 로션을 바르지 않았는지 조금 건조해 보였지만 면도한 턱선이 정갈했다. 그의 이목구비 구석구석을 탐색하던 서재의 시선이 입술에 닿았다. 그날 키스한 남자가 혹시 영호는 아닐까? 그런 의문에 백미러를 뚫어지게 쳐다보다가 그만 영호와 눈이 마주치고 말았다. 서재는 흠칫 놀라 몸을 움찔했다. 얼굴이 화끈 달아오르는 바람에 그녀는 두 정거장이나 먼저 내려 버렸다. 영호와의 추억을 되새기며 걷다 보니 어느새 약속 장소에 도착했다.

현달이 고른 장소는 학교 근처 뒷골목에 위치한 작은 카페로, 소박한 감성이 느껴지는 곳이었다. 통창 구조 덕분에 서재는 안으로 들어가기 전에 현달을 살필 수 있었다. 그는 탁자에 몸을 슬쩍 기댄 채로 뭔가에 집중하고 있었다. 게임이라도 하는 모양이었다. 그러고 보니 지금의 현달은 신분의 높고 낮음이 없는 세상에서 살고 있었다. 자유를 누릴 수 없던 과거의 그는 분명 자신을 온전히 드러내지 못했을 것이다. 그렇다면 그 시절 그녀가 사랑했던 현달은 그의 일면에 불과했을지도 모른다.

어쨌거나 지금의 현달은 그때보다 훨씬 좋아 보였다. 서로 맞추기라도 한 듯 그 역시 서재처럼 검정색 후드티를 입고 있었다. 격식에 얽매이지 않은 그의 복장이 그녀를 흡족하게 했다. 미적감각에 대한 만족은 아니었다. 그저 그가 홀가분해 보인다는 사실이 그녀를 기쁘게 했다.

"이것도 내기야?"

자리에 앉은 서재는 인사 대신 질문을 먼저 던졌다. 직설적이고 단도직입적인 그녀의 성격이 고스란히 드러나는 순간이었다. 이런 그녀의 기질은 어느 생을 막론하고 항상 같았다.

"어?"

서재는 노골적으로 불쾌감을 드러냈지만 현달은 그녀가 왜 기분이 상했는지 모르는 눈치였다.

"내 번호 따고 돈 받는 거 봤어."

서재는 그가 알아들을 수 있도록 짧고 분명하게 덧붙였다.

"아, 봤구나."

현달은 머쓱하게 웃을 뿐 당황하지는 않았다. 서재는 그의 뻔뻔함에 다시금 분노가 치밀었다.

"미안해하지도 않네?"

서재는 참지 못하고 쏘아붙였다.

"미안할 일을 안 했거든."

현달은 느긋하게 말을 받으면서 져 주지 않았다.

"그래? 그럼 얼마나 당당한 일이었는지 들어 볼까?"

서재도 차분하게 그를 구석으로 몰아갔다.

"어제 동기 하나가 네 번호를 딸 거라고, 자신 있다고 큰소리 치더라고. 근데 나는 너한테 진짜 반했거든. 그래서 그 자식이 움직이기 전에 내가 먼저 달렸어. 너를 뺏기고 싶지 않아서."

서재는 현달을 똑바로 바라보았다. 그의 눈빛에는 일말의 불순물도 끼어 있지 않았다. 고백은 진짜였다. 또다시 심장이 쿵쿵 뛰기 시작했다. 제발 그만해라, 이서재. 이번 생에는 그 누구와도 사랑하지 않겠다더니 이대로 가다가는 100명이라도 품을 기세였다.

"둘러대기는."

서재는 민망함에 대충 얼버무렸다. 설렜다는 걸 들키고 싶지 않았으나 속마음을 감추지 못해 웃음이 새어 버렸다.

"반했다는 건 좀 이상한데? 내가 그 정도로 예뻤나?"

여우짓이 동했다. 예쁘다는 말이 듣고 싶었다.

"그보다는 음… 닮고 싶다고 해야 할까?"

의외의 답이 돌아왔다.

"닮고 싶다고?"

"시니컬의 음치 동영상은 유명하니까."

낭만적이지 않은 대답이었다.

"음치가 되고 싶다고?"

"아니, 그때 널 알게 되었다고. 호수에서 본 게 처음은 아니니까 첫눈에 반한 건 아니야."

서재는 현달이 자신을 지켜봐 왔다는 사실에 묘한 감정이 일었다. 왜 진작 알아채지 못했을까?

"노래를 못한다는 건 약점이잖아. 그런데 너무 당당하더라. 멋있었어."

이번에는 마음에 드는 대답이었다. 서재는 기분이 좋아 싱긋 웃었다. 그런데 순간 뒤통수에서 싸늘한 기운이 느껴졌다. 고개를 돌린 서재는 이강과 눈이 마주쳤다. 하지만 알은체하려고 손을 들려다가 멈출 수밖에 없었다. 그의 눈빛이 너무 차가웠다. 이강은 말 한 마디 없이 그녀를 지나쳤다.

서재가 머쓱해하는 사이 그는 친구들과 함께 카페 밖으로 나갔다. 무리에 섞여 있는 이강을 보지 못한 것도 문제였지만, 그녀가 그를 먼저 알아봤다고 해도 그의 기분이 나아지지는 않았을 것이다. 바로 전날 그를 좋아한다고 했으면서 지금은 다른 남자를 만나고 있다. 이강의 입장에서는 그녀가 자신을 가지고 노는 것처럼 보였을 것이다. 그녀의 진심이 무엇이든 결과적으로는 그런 꼴이 되고 말았다.

서재는 초조해졌다. 그가 오해할까 불안했다. 하지만 지금 눈앞에 현달이 있다. 그 많은 낮과 밤을 함께했던 현달이. 이강은 그저 설레는 상대일 뿐이지만 현달은 목숨 걸고 사랑했던 남자다. 그런 그에게 무슨 변명을 하고 이강을 따라갈 수 있단 말인가.

"임수안이? 진짜로?"

그 와중에 옆 테이블 여학생들의 목소리가 서재의 귀를 세게 후려쳤다. 임수안?

"그렇다니까? 임수안이 단체 미팅이라니 빅뉴스 아니야? 교수님도 깜짝 놀라더라니까?"

전생의 구남친들

수안이 미팅을 한다고? 질투가 치솟았다. 감정의 교통 정리가 시급했다. 그러나 그 전에 수안이 나간다는 단체 미팅에 대해 알아봐야 했다.

"내 이야기 듣고 있어?"

현달의 얼굴이 불쑥 시야에 들어왔다. 그는 몇 번이고 말을 걸었지만 그녀가 대꾸하지 않았다며 투덜댔다. 서재는 미안하다며 그를 달랬다. 심통이 난 현달의 표정이 귀여워 슬쩍 웃음이 났다. 그러나 정신차려야 했다. 전생의 세 남자도 모자라 현생의 한 남자까지, 누구에 대해서도 신경을 놓지 못하고 있는 그녀 자신을 다잡아야 했다.

결론부터 말하자면 서재는 결국 수안이 참여한다는 단체 미팅의 참석자가 되었다. 궁금한 것은 못 참는 성미도 한몫했지만 무엇보다 수안이 다른 여자를 만나는 게 싫었다. 서재는 무슨 수를 써서라도 그와 커플이 되어야겠다고 마음먹었다.

하지만 분위기를 맞추자는 명목으로 미팅 전에 열린 친목 모임에서 경쟁자들을 확인한 순간, 수안의 선택을 받기 어려울 수 있겠다는 생각이 들었다. 요즘 여자아이들은 어쩌면 이렇게 다 예쁜 걸까. 심지어 하나같이 열심히도 사는 그녀들은 건설적인 서로의 루틴을 공유하며 찬사를 주고받았다. 기본적으로 필라테스나 요가 같은 운동을 했고 대부분 재테크 실력도 갖추고 있었다. 피부에 투자를 아끼지 않았고 패션 센스 또한 남달랐다.

서재 역시 자신을 가꾸는 데 여념이 없던 때가 있었다. 수안과 함께하던 시절이 그랬다. 수안에게 아름다운 여자로 보이고 싶었다. 그러나 아름다움이 무력하다는 사실을 알려 준 것 역시 수안이었다. 강해지지 않으면 버려졌다. 아름다움은 술과 같았다. 잠시 취하게 만들지만 깨어나면 그뿐이었다. 하지만 막상 지금과 같은 상황에 처하고 보니 후드티에 끈 풀린 운동화를 꺾어 신고 다니는 자신이 초라하게 느껴졌다.

다음 날 막상 뚜껑이 열린 미팅 자리에서 서재는 입을 다물 수 없었다. 그도 그럴 것이 그녀의 눈앞에는 수안은 물론 현달과 영호까지 나란히 앉아 있었다. 이게 실화라고? 지구가 나를 중심으로 돌고 있기라도 한 걸까?

"내 이름은 이서재야."

서재는 우선 바로 맞은편에 앉아 있던 영호와 대화를 주고

받았다. 영호와는 꽤 오랜 시간 연애를 했었다. 감정이 요동치는 뜨거운 사이는 아니었지만, 편안한 시간이 쌓이면서 묵직하고 거대한 에너지를 만들어 가던 관계였다. 그래서일까? 이 복잡하고 아슬아슬한 시간 속에서도 영호와의 대화는 그녀에게 안도감을 주었다.

"난 이영호. 한국대학교 1학년. 지금은 아르바이트하느라 휴학 중이야."

"너 그거 알아? 너 되게 유명하다는 거?"

진한 향수 냄새를 풍기며 옆자리에 앉아 있던 여자아이가 영호에게 들이대듯 말을 걸었다.

"내가?"

"너처럼 잘생긴 기사 아저씨가 눈에 안 띄면 이상하지. 너 본다고 일부러 버스 갈아타고 다니는 애도 있어."

여자아이들의 수다에 서재는 귀를 쫑긋 세웠다. 지금은 정보를 모으는 게 시급했다. 그녀들의 말에 따르면 영호는 제법 유명 인사였다. 한국대학교 앞을 오가는 마을버스 운전기사가 20대 초반의 훤칠한 미남이니 여학생들이 관심을 갖지 않을 리 없었다.

그사이 테이블 한쪽에서는 현달과 다른 여자아이들의 대

화가 한창이었다.

"네 SNS 팔로우 중이야. 알아?"

여자는 꽃처럼 웃었고 현달은 들떠 보였다.

"아니. 그렇지만 이제부터 알아 가면 되는 거지."

현달은 여자아이들과 계정 정보를 주고받았다. 헤픈 놈. 서재는 미간을 찌푸리고는 수안에게로 고개를 돌렸다. 마주 앉은 여자아이 둘이 관심을 끌려고 했지만 어쩐지 그는 기분이 가라앉아 보였다. 정확히는 이 자리에 흥미가 없어 보였다. 저런 표정으로 앉아 있을 거면 도대체 여기에 왜 온 거지?

"왜 조용해?"

그녀가 수안을 바라보고 있을 때 영호가 말을 걸어왔다. 여자아이들이 그를 놓아 준 모양이었다. 이제라도 다시 말을 섞을 수 있다니 다행이었다.

"사실 우리 만난 적 있어."

서재는 인형탈 사건을 꺼내며 말을 이어 갔다. 영호는 뜻밖의 이야기라며 눈을 크게 뜨더니 즐거워했다. 영호가 웃는 게 기뻤다. 그의 미소에 가슴이 벅차올랐다. 그가 커피를 비워 내자 다시 잔을 채워 주고 싶은 마음까지도 들었다. 영호는 소소한 일상에 감사할 줄 아는 사람이었다. 지금의 영호가 그때의

전생의 구남친들

영호와 닮아 있음에 기뻤다.

"근데 미팅은 어떻게 나온 거야? 일하느라 바쁘지 않아?"

"이서재 네가 나온다고 해서."

순간 테이블에 정적이 내려앉았다. 애써 내색하지 않았지만 모두의 시선이 서재에게로 쏠리는 순간이었다.

"날 알아?"

서재는 뜻밖의 발언에 당황스러워하며 물었다.

"네 동영상 유명하잖아."

동영상이 유명하다고? 남자 입술의 촉감을 고성으로 묘사하는 것도 모자라 얼굴 모를 남자에게 키스를 퍼붓던 그 동영상이? 순간 서재는 머리가 쭈뼛 섰다. 인터넷을 탈탈 털어도 흔적이 없었는데, 대체 어디서 보았다는 거지?

"음치 동영상 말이야. 그거 꽤 유명해."

그의 말에 서재는 지옥에서 천당으로 단숨에 승천했다. 서재가 잠시 정신을 수습하는 사이, 영호는 그녀의 옷에 붙은 머리카락을 조심스레 떼어 주었다. 그의 따뜻한 손길을 받은 대가로 여자아이들의 싸늘한 시선이 날아들었다. 다정함과 질투, 양극단의 감정이 동시에 자신을 향하자 서재는 어쩔 줄 몰랐다. 여전히 모두의 시선은 서재에게 집중되어 있었다.

"어, 나도 그거 봤어."

느닷없이 현달이 치고 들어왔다.

"그거 알아, 이서재? 나도 너 보러 여기 나온 거야."

현달은 능청스러운 표정으로 서재와 영호를 번갈아 보았
다. 일종의 도발이었지만 영호는 딱히 동요하지 않는 눈치였
다. 두 사람 사이에서 난감해진 서재는 얼떨결에 수안에게 시
선을 돌렸다. 그는 이 상황이 재미있는지 팔짱을 낀 채 가만히
보고만 있었다.

남학생 중 두 명의 표가 한 사람에게 모이자 다들 신경이 곤
두서는 분위기였다. 서재는 난감했다. 애초 그녀의 목표는 수
안과의 시간을 확보하는 거였는데, 거절할 수 없는 두 남자가
자신과의 시간을 원하고 있다. 누구를 선택해야 할까?

"그런데 너 좀 대담하더라?"

고민에 빠져 있던 그녀에게 드디어 수안이 말을 건네 왔다.
서재는 순식간에 얼굴이 확 달아올랐다. 대담하다는 말의 의
미를 가늠하기 어려웠다. 설마 취중 키스의 상대가 수안인 걸
까? 그래서 먼저 키스를 해 버린 자신을 대담하다고 평하는
걸까?

"무슨 소리야?"

전생의 구남친들

서재는 반사적으로 반문하다가 이내 손사래를 쳤다.

"아니야. 나중에 들을래."

생각해 보니 자신이 키스를 퍼부은 남자가 정말 수안이라면 이 자리에서 꺼낼 이슈는 아니었다. 현달이나 영호에게 그런 일을 들키고 싶지 않았다.

"대담한 건 모르겠고, 대단하던데?"

주도권 싸움이라도 하겠다는 건지 현달이 수안과 서재의 대화 중간에 끼어들었다.

"뭐가?"

서재가 묻기도 전에 수안이 질문을 가로챘다.

"뭐가 대단한지는 서재만 알면 되는 일이지. 둘이 나가서 커피 마실래?"

현달은 자연스럽게 서재와의 데이트 신청을 선점했다. 혼란스러운 선택지가 주어졌다. 정신을 차리지 않으면 상황에 떠밀려 데이트 상대를 결정하게 될 게 뻔했다. 벌써부터 기가 탈탈 털리기 시작했다.

"얼굴이 창백하다. 어디 아파?"

서재의 힘든 기색을 놓치지 않는 사람은 역시 영호였다. 서재는 문득 영호의 어깨에 기대 쉬고 싶었다. 영호한테 함께 나가자고 할까? 하지만 곧 정신을 차렸다. 중요한 순간이었다. 쉽게 흔들려서는 곤란했다. 누구와의 시간이 절실한지, 자신의 감정이 누구에게 향하는지 집중해야 했다.

수안은 언제나 갈증을 불러오는 상대였다. 그녀는 그와 얽혀 있던 시간 내내 수안에 대한 목마름을 느꼈다. 그를 갖지 못해 안달했고, 배신에도 불구하고 끝내 잊지 못했다. 한편 현달은 미안한 존재였다. 그를 지켜 주고 싶었지만 그러지 못했다. 할 수만 있다면 남은 생을 현달을 위해 쓰고 싶었다. 영호의 경우는 두 사람과는 달랐다. 그는 함께하는 동안 그녀의 안식처였다. 그래서 다른 생의 힘겨웠던 순간마다 영호가 떠올랐다.

세 사람과는 각기 다른 사랑을 주고받았다. 그러나 결말은 늘 같았다. 돌고 돌아 다시 그리움이었다. 누구에 대한 그리움이 더 컸는지는 비교할 수도, 비교할 필요도 없었다. 애초에 셋 중 하나만 고른다는 것은 불가능한 일이었다. 세 사람 모두 그녀에게는 너무 소중했다.

"또 그 눈빛이네?"

어느새 서재의 등 뒤로 다가온 수안이 나직하게 귓속말을 했다.

"뭐가?"

서재는 들뜬 기분을 누르며 애써 퉁명스레 대답했다.

"흔들리잖아, 너."

나쁜 놈. 언제나 그는 그녀의 마음을 정확하게 읽는다. 전생에서도, 그리고 지금도.

"아니야. 이번엔 너야."

서재는 결심을 굳히고 수안을 똑바로 바라보았다. 그의 도발에 응하는 충동적인 면이 없지 않았으나 이 선택이 맞는 것 같았다. 서재의 대답에 수안이 싱긋 웃었다. 모두의 시선이 두 사람에게 쏠렸지만 상관없었다. 마음의 결정을 내린 이상 그 외의 감정은 일단 덮어 두고 싶었다. 두 사람은 조용히 카페 밖으로 나갔다. 그리고 단 한 번도 뒤를 돌아보지 않았다.

"어디 가고 싶어?"

수안이 먼저 입을 열었다.

"네가 정해."

서재는 수안이 자신이 아는 그다운 선택을 할지 궁금했다.

"서점 어때?"

서점이라는 말에 과거의 잔상이 떠올랐다. 늦은 오후의 빛이 비쳐 드는 창가에 앉아 책장을 넘기던 그의 모습. 왜 그 생각을 못 했을까? 어떤 책을 선택하는지를 보면 과거의 그와 같은지 단번에 알 수 있을 텐데.

서점의 문을 여는 순간 익숙한 향이 밀려왔다. 각기 다른 시절에 만들어진 종이에서 풍겨 오는 냄새였다. 3층 규모의 서점에는 각종 분야의 책이 빼곡히 비치되어 있었는데, 수안은 예술 관련 서적을 볼 수 있는 3층에서 오랜 시간 머물렀다. 서가에 머무는 시간에서 연극과 영화에 대한 관심이 고스란히 드러났다. 두 사람은 자연스럽게 음악과 미술 코너로 걸음을 옮겨 갔다. 수안은 두툼한 음악사 서적을 집어 들더니 이내 깊이 빠져들었다. 그의 얼굴에는 비발디의 활기참과 슈베르트의 냉소가 오갔다.

미술 코너에 도착하자 수안은 자연스럽게 샤갈의 도록을 꺼냈다. 그는 여전히 샤갈의 빛나는 우울을 사랑하고 있었다. 서재는 샤갈만의 화려한 색감에 짙게 드리워진 고독에 대해 이야기하는 수안의 옆얼굴을 바라보며 그가 자신이 사랑하는 남자임에 황홀경을 느꼈었다. 그가 책장을 넘길 때마다 그녀의 시선도 분주해졌다. 그가 읽는 글자 하나도 놓치고 싶지 않았다. 그의 눈길이 활자에 빠져들 때면 그녀 또한 그랬다. 그

　　　　　　　　　　　　　　　전생의 구남친들

를 흔드는 문장은 여지없이 그녀 또한 잠식했다. 그렇다. 그녀가 수안을 사랑했던 것은 그가 존경할 수 있는 남자였기 때문이다.

"집에 책 많아?"

서재가 수안을 물끄러미 바라보며 물었다.

"적당히?"

수안은 책에서 시선을 떼지 않은 채 그렇게 대답했다.

"적당히의 기준이 뭔데?"

"뭐, 내가 읽고 싶은 책이 거의 다 있어서 굳이 밖으로 사러 나가지 않을 정도?"

이런 식의 자랑이라니. 구식의 허세가 그녀를 행복하게 만들었다. 그때의 수안 역시 이렇게 은근한 방식으로 자신을 과시하곤 했다. 기시감이 들자 그녀는 마냥 들떴다. 어느새 서재는 123년 전의 감정으로 돌아가 수안에게 이것저것 물었다. 지금과 달리 수줍고 조심스럽던 그 시절의 소녀로 돌아갔다. 이따금 부끄러움에 볼을 붉히며 그의 시선을 피했다. 수안은 그런 그녀를 아랑곳하지 않고 새로운 책을 꺼내 들며 자신의 지적인 면모를 드러냈다. 서재는 가슴이 뻐근했다. 그를 다시 만났다는 사실이 믿기지 않았다.

"이서재."

수안은 뜬금없이 진지한 얼굴이 되어 머뭇댔다.

"응?"

서재는 들뜬 눈길로 그를 바라보았다. 그런데 말이 이어지지 않았다. 잠시 침묵. 그리고 더 깊은 침묵. 서재는 가만히 그를 살폈다. 그의 눈동자에서 망설임이 읽혔다.

"…아무것도 아니야."

그는 목구멍까지 끄집어낸 말을 도로 밀어 넣었다. 서재는 그 말이 무엇인지 묻지 않았다. 아무리 졸라대도 그는 다시 삼킨 말을 뱉지 않을 테니까. 그는 그런 사람이었다.

과거에 느꼈던 불편한 감정이 스치기는 했지만, 그 순간을 제외하면 수안과의 데이트는 즐거웠다. 그때의 수안과 지금의 수안이 같은 인물이라는 확신은 시간이 갈수록 단단해졌다. 그녀가 오래 사랑했고, 오래 미워했고, 오래 그리워했던 바로 그 사람.

"남의 일에 끼어드는 거 좋아해?"

서재가 물었다.

"딱 질색."

그다운 대답이 돌아왔다.

"그럼 지난번엔 왜 그랬어? 주먹까지 휘두르고."

서재가 그답지 않은 행동을 짚어 냈다. 호기심에 던진 물음에 그는 자못 진지했다. 짧은 침묵 후에 그가 입을 열었다.

"왜라는 물음에 답하려면 생각이란 걸 했어야 하는데, 그건 뇌를 거치지 않은 행동이었어."

그는 말을 맺고는 만족스럽지 않았는지 한마디를 덧붙였다.

"손이 가는 스타일이야, 너는."

비이성적 행동이라니. 좋았다. 보살핌이라. 그것도 좋았다. 표현이 귀한 남자였다. 이 정도면 호감에 대한 최상급의 표현이었다. 서재는 수안의 향기를 맡고 싶어 티 나지 않게 그에게로 몸을 숙였다. 오크통에서 숙성된 위스키의 향기가 그녀를 더욱 들뜨게 만들었다. 수십 년 전의 애정과 이제 막 싹을 틔운 설렘에 행복했다. 당시에는 누리지 못했던 감정적 호사였다.

그 시절의 서재는 어렸고 수안은 다다르기 어려운 남자였다. 그녀를 소녀에서 여자로 만들어 준 첫 남자였지만 끝내 마지막 남자로 품을 수는 없었다. 그는 어른이었고 그녀는 어렸다. 수안은 나쁜 어른이었다. 그러나 지금은 달랐다. 서재는 생을 거듭하며 완숙한 어른이 되었다. 그때와 같은 방식으로 상처받지 않을 것이고, 헤매지도 않을 것이다. 이번 생에서는 그를 놓치지 않을 자신이 있었다.

"날 선택한 건 의외였어."

서점을 나와 골목길을 걸으며 수안이 먼저 오늘의 상황에 대해 입을 열었다.

"아니야. 처음부터 네가 미팅한다고 해서 끼어든 거야."

서재는 솔직하게 그에 대한 호감을 드러냈다.

"왜?"

"네가 궁금해서."

서재는 달라지고 싶었다. 미숙했던 시절에는 그를 놓쳤지만 이번만큼은 잡고 싶었다. 그녀의 간절함이 살랑이는 바람을 타고 가서 그에게 닿기를 바랐다. 그녀의 바람 덕분이었을까. 수안의 눈빛이 잠시 복잡하게 흔들렸다. 그러다 결론이라도 내린 듯 단단해진 그의 시선이 그녀의 입술을 향했다. 서재는 뺨을 붉힌 채 그를 바라보았다. 그때와 똑같은 검은 눈동자가 그녀를 붙잡고 있었다. 순간 서재는 갈증을 느꼈다. 그의 체온이 절실했고, 그의 체취가 그리웠다.

"네 눈빛 신기하다."

수안이 웃으며 낮게 속삭였다.

"뭘 원하는지 너무 잘 보이네."

서재가 대답할 틈도 없이 수안은 키스를 했다. 입술이 닿는 순간 서재의 기억은 열일곱 소녀의 첫 키스에 겹쳐졌다.

'부드럽고, 말랑하고, 축축하고. 기억할게요. 절대 안 까먹어요.' 어렸던 서재는 입맞춤에 대한 소감을 그렇게 남겼다. 솔직하지만 어리석은 감상이었다. 우습게도 지금의 키스가 주는 감흥은 그때와 거의 똑같았다. 마치 이미 본 영화를 다시 보는 기분이었다. 참 이상한 노릇이었다. 뜨거운 감정은 시공을 거치는 동안 더욱 강렬해졌다. 그러나 때아닌 기시감이 마땅히 치솟을 줄 알았던 설렘을 무겁게 누르고 있었다.

서재는 혼란스러웠지만 이제는 어른이었다. 자신의 어색함이나 혼란을 상대에게 들키지 않고, 상대를 민망하게 하지 않아야 할 의무가 있었다. 그러나 수안은 예나 지금이나 그녀의 속마음을 훤히 읽어 내는 남자였다.

"또 잘 보이네."

수안은 서재의 혼란을 눈치챈 게 분명했다. 역시 그는 노련했다. 그의 노련함은 언제나 서재를 한순간에 어린아이로 만들어 버렸다.

"미안."

끝내 서재는 어른처럼 굴기보다 솔직함을 선택했다. 뭐가 미안하냐 묻는다면 답할 말은 없었다. 서재는 그 질문이 날아들까 무서워 빠르게 몸을 돌려 걸음을 재촉했다. 고맙게도 수안은 서재를 따라오지 않았다. 지금의 충격은 이제까지의 혼란과는 달랐다. 과거의 연인들이 한꺼번에 나타난 것과는 다른 결의 충격이었다. 키스는 일종의 의식이다. 사랑을 확인하는 행위인 것이다. 그런데 그토록 원하던 수안과의 키스에서 밀려오는 실망감이라니. 서재는 그 감정이 스스로도 이해되지 않았다. 심지어 수안은 아무런 잘못이 없었다.

일단 무작정 걸었다. 그러다 횡단보도 맞은편에서 이강을 발견하고 걸음을 멈추었다. 그는 꽃처럼 예쁜 여자와 걸으며 환하게 웃고 있었다. 며칠 전 서재를 바라보던 싸늘한 시선과는 전혀 다른 온도의 눈빛으로 그녀와 눈을 맞추었다. 그의 밝은 얼굴이 훅 하고 가슴을 찌르며 복합적인 감정을 불러왔다. 화가 나는 건지, 서운한 건지, 질투심이 이는 건지조차 헷갈렸다. 그저 답답했다. 모두 다 나쁜 놈처럼 느껴졌다. 아니, 사실은 그녀 자신이 제일 나쁜 년이었다.

3
거짓말의
예각

그날 이후 서재는 의도적으로 혼자만의 시간을 가졌다. 대부분의 시간을 구석진 교내 벤치에 앉아 책 속에 파묻혀 지냈다. 그 벤치는 그녀가 우연히 발견한 아지트였다. 평범한 의자였지만 사방을 둘러싸고 있는 고목 덕분에 남의 눈에 띄지 않아 좋았다. 숨어 있기에 딱 맞는 장소였다.

책에 집중하자 마음이 조금씩 차분해졌다. 힘든 일이 있을 때마다 활자 속으로 숨어드는 것은 수백 년간 이어져 온 그녀의 습관이었다.

"약속과 다르잖아."

등 뒤의 고목 너머에서 들려온 누군가의 음성이 서재의 집중을 깨뜨렸다. 낮고 고요한 데다 냉기가 도는 목소리였다. 서재는 무성한 나뭇잎 사이로 목소리의 주인을 확인했다. 놀랍게도 수안이었다.

"난 약속 지켰는데? 동영상 유포하지 말라며. 네 말대로 아무한테도 안 넘겼어."

뒤통수만 보이는 또 다른 인물은 가볍고 비웃는 톤으로 말했다. 무슨 동영상이길래?

"이서재 키스 동영상 지운다며."

뭐라고? 내 키스 동영상?

"아니지. 유포하지 않는다고 했지 지운다고는 안 했어."

상대는 수안의 반토막이나 될까 싶은 작은 키의 여자였다. 후드도 모자라 야구모자까지 쓴 탓에 얼굴은 거의 보이지 않았다. 학교 점퍼를 입고 있는 걸로 보아 한국대학교 학생인 것 같았다. 둘은 꽤 친숙한 말투로 대화하고 있었다. 두 사람은 아는 사이일까? 동영상과 수안은 무슨 관계일까? 서재는 머리가 빙빙 돌았다.

"너 나랑 장난해? 당장 지워."

수안은 화가 올라오는지 아까보다 목소리가 높아졌다. 하지만 주변을 의식하고는 입을 다문 채 한숨만 내쉬었다.

전생의 구남친들

"그럼, 입금해."

"1,000만 원 입금했잖아!"

이건 또 무슨 소리일까? 1,000만 원이라니?

"그 돈은 더 이상 너를 따라다니지 않는다는 조건이었지. 네가 뮤지컬 스윙 배우라는 걸 덮어 둔다는 조건도 있었고."

"키스 동영상을 유포하지 말라는 조건도 있었어."

"삭제는 합의한 적 없잖아? 그건 비용 추가야."

여자의 대꾸에 수안은 죽일 듯한 눈빛으로 그녀를 쏘아보았다. 그 시선이 얼마나 강했는지 서재를 가리고 있는 나뭇잎을 뚫을 수도 있을 것만 같았다. 서재는 충격적인 이야기에 다리 힘이 풀렸지만 간신히 벤치 위로 몸을 떨구었다. 그대로 바닥에 주저앉기라도 하면 소리가 나서 모습을 들킬지도 몰랐다.

두 사람의 실랑이는 한참이나 이어졌다. 그제야 서재는 상황이 이해가 갔다. 당돌한 목소리의 여자는 수안의 스토커였다. 수안이 당하는 스토킹은 엔터테인먼트 회사 대표로 있는 아버지의 유명세가 드리운 그림자 중 하나였다. 그의 잘난 외모도 한몫했다. 수안은 늘 자유롭고 싶어 했지만 어딜 가나 타인의 시선이 따라붙었다.

서재는 그들의 대화를 통해 수안이 자신을 따라다니던 그녀의 핸드폰을 빼앗아 확인하던 중 서재의 키스 영상을 발견했다는 것을 알게 되었다. 상황을 긍정적으로 보자면 수안은 서재를 위해 나름의 방식으로 애쓰고 있었다. 그러나 서재는 배신감에 휩싸였다.

그녀가 누구인지 알면서도 그간 모르는 척해 온 그가 괘씸했다. 수담호에 갔던 날 이강에게 주먹을 날렸을 때도, 단체 미팅에 나와 그녀와 함께했던 순간에도 수안은 동영상의 존재를 알고 있었다. 그런데도 태연하게 시침을 떼다니. 그건 명백한 기만이었다. 자신을 두고 돈 내기를 했던 현달에게 느꼈던 치기 어린 모욕과는 차원이 달랐다. 이건 한 인간에 대한 믿음의 문제였다.

스토커는 두 번째 문제였다. 그런 부류의 인간은 세상에 넘쳐났다. 그녀가 어떤 이유로 키스 영상을 찍었는지 알고 싶지도 않았다. 서재가 진짜로 화가 난 이유는 여전히 솔직하지 못한 그의 태도 때문이었다. 수안은 서재를 항상 미성숙한 존재로 보았다. 그는 언제나 자신이 옳고, 상대는 부족하다고 믿었다. 전생의 그녀는 그걸 나이 차이에서 오는 자연스러운 현상이라 여겼지만, 지금의 수안과 서재는 대등한 성인이었다.

게다가 문제를 돈으로 해결하는 방식도 싫었다. 문제의 당

전생의 구남친들

사자는 그녀인데 왜 그가 이런 방식으로 문제에 개입했을까. 그러나 분노도 잠시, 곧 의문이 밀려왔다. 그렇다면 키스 상대는 수안이었을까? 그가 영상을 발견하고 어떻게든 문제를 해결하려고 했다면, 당사자였다고 보는 게 자연스러웠다. 하지만 정작 그의 태도에서는 당사자의 당혹감이 드러나지 않았다. 그리고 만약 그가 키스 상대였다면 그 역시 피해자이고, 그가 지불한 비용에는 동영상 삭제 비용이 포함되어야 마땅했다. 어딘가 앞뒤가 맞지 않았다.

어쨌거나 한 가지는 확실했다. 수안은 과거와 조금도 달라지지 않았다. 돌이켜 보면 사랑이 깨지는 데는 반드시 이유가 존재한다. 수안과 헤어진 이유는 '거짓말' 때문이었다. 전생에서 수안과의 마지막 말다툼은 아이러니하게도 얼마 전 그와 재회했던 공연장 건물에서 벌어졌었다.

"약혼했어."

그가 던진 첫 마디는 무참했다.

"거짓말."

서재는 믿고 싶지 않았다.

"널 위해서야."

그는 비겁했다. 이기적이고 치졸했다. 그녀를 위해서라고 말했지만, 그녀가 보기에 수안은 그녀를 위한다는 명분 뒤에 숨은 채 쉬운 길을 선택했을 뿐이었다. 힘든 사랑을 해야 하는 그녀 대신 편안한 인생이 보장된 당대 최고의 여배우를 택했으니까. 그럼에도 불구하고 서재는 그를 잡으려 했다. 자존심은 필요 없었다. 사랑하니까 함께하고 싶었다. 하지만 수안은 끝내 그녀가 생을 반복하면서도 결코 지우지 못할 상처를 입히고 말았다.

"네가 내 인생을 위해 뭘 해 줄 수 있는데?"

차라리 따귀를 맞았으면 덜 아팠을까? 이별 통보보다 잔혹했던 것은 그녀가 쓸모없다는 말이었다. 그를 위해서는 어떤 수모도 견뎌 낼 수 있는 그녀였다. 그러나 그런 말을 들으면서까지 수안을 붙잡을 수는 없었다. 그녀는 상대의 행복을 지켜 주는 것이 사랑의 기본이라고 생각했다. 만약 사랑하는 이가 자신으로 인해 불행해진다면 그를 놓아 주는 것이 사랑이라 믿었다. 그녀는 사랑과 소유욕을 그렇게 구분 지었다.

"나쁜 놈."

서재는 분이 삭지 않아 중얼거렸다. 눈물이 쏟아졌다. 그를 사무치게 그리워했던 밤이 헤아릴 수 없이 많았다. 지독히도 미워했던 날 역시 셀 수 없었다. 무수한 시간을 지나 그런 수안을 겨우 다시 만났는데 그는 조금도 변하지 않았다. 여전히 그녀를 어린애 취급했다. 그녀가 자신의 문제를 스스로 헤쳐 나갈 수 있는 강한 존재라는 걸 믿어 주지 않았다.

그때나 지금이나 서재가 이해하지 못하는 것은 단 하나였다. 왜 그는 어떤 결정을 할 때 한 번도 그녀에게 솔직하지 못한 걸까. 전생에서 그가 결혼했던 여자는 대단한 가문의 딸이었고, 그녀는 수안을 자기 것으로 만들기 위해 이런저런 협박을 했다. 서재는 그 사실을 아주 한참 뒤에야 알았다.

정말로 그때 수안이 '나와 결혼하지 않으면 그 계집애를 박살 낼 거야' 같은 협박을 들었다면 그 사실을 그녀에게 털어놓았어야 했다. 함께 해결책을 찾자고 말했어야 했다. 하지만 당시의 수안은 그러지 않았다. 자기 방식대로 해결한다고 혼자 끙끙대다가 그녀를 위한 것이라는 말도 안 되는 거짓말을 하고서 다른 여자와의 결혼을 택했다.

지금도 마찬가지일지 모른다. 수안이 키스 동영상에 대해 서재에게 털어놓지 않고 스토커와 실랑이를 벌인 것은 자신만이 문제를 해결할 수 있다는 잘못된 믿음에서 비롯된 행동일 터였다. 나중에야 알게 된 사실이지만, 문제의 스토커는 타인이 실수하는 순간을 상습적으로 찍어 왔고, 심지어 그 영상

들을 편집해 유튜브에 올려 수익을 챙기기도 했다. 한마디로 시시비비를 가릴 가치조차 없는 인간이었다.

 서재는 우울한 마음으로 학교를 나왔다. 조금 떨어진 편의점에서 맥주를 사 가지고 나와 그 자리에서 마시기 시작했다. 두 캔쯤 비우자 비가 쏟아졌다. 서재는 이왕 비에 갇힌 김에 파라솔 아래에 앉아 느긋하게 맥주를 마셨다. 파라솔 위로 빗방울 떨어지는 소리가 요란했다. 빗소리를 배경음악 삼아 한 모금 두 모금 마셨다.

 네 캔쯤 되자 취기가 올라왔다. 그리움도 따라 올라왔다. 그녀는 묵직한 나무 냄새가 그리웠다. 비에 젖은 이끼 향기가 간절했다. 기대고 싶은 향기. '사랑해.' 향기에 파묻혀 있을 때면 서재는 그렇게 말하곤 했다. 머나먼 과거의 무아는 '연모한다'고 말하며 볼을 붉혔다. 순진한 계집애, 누구도 믿지 말았어야지. 오직 자기 자신만 믿었어야 하는데, 바보같이.

 "사랑해."

 서재는 취기에 달콤한 말을 입 밖으로 꺼냈다. 그냥 말하고 싶었다. 누군가를 사랑한다고. 하지만 누구를 사랑한다는 걸까. 그 답을 찾으려 맥주를 넘겼다. 그녀를 행복하게 했던 이들의 얼굴이 떠올랐다. 심장이 뛰었다. 정확히 누구 때문에 설레는지도 모르면서.

서재는 스스로가 멍청하게 느껴졌다. 물론 전생의 사랑도 사랑이다. 하지만 그게 이번 생의 행복을 책임질 수는 없었다. 사실 그녀는 상대가 아니라 연애 감정 자체를 사랑할 때가 많았다. 그 달콤한 기분에 취하고 싶어 시답지 않은 연애를 하기도 했다. 지금처럼 비가 쏟아져 젖은 나무 향이 거리를 가득 메우면 곁에 있는 누군가와 소모적인 사랑에 빠지기도 했다. 그들의 향기가 아닌 걸 알면서도 착각하고 싶었다.

문득 맨정신에 사랑한다는 말을 하고 싶었다. 이런 생각을 한다는 자체가 취했다는 증거겠지만, 적어도 문제의 동영상이 찍힐 때처럼 누군지도 모를 상대에게 충동적으로 입맞춤하고 싶지는 않았다. 정확히 누구를 끌어안고 싶은 건지, 누구를 원하는 건지 알고 싶었다.

서재는 성당을 떠올렸다. 반쯤은 천주교 신자였으니까. 어릴 때 세례를 받았지만 그녀의 의지로 미사에 참석한 적은 없었다. 서재는 불현듯 고해성사가 하고 싶었다. 밤이 깊었고 고해성사를 받아 줄 사제가 이미 잠들었을 거라는 것도 안다. 어차피 형식은 불필요했다. 고해성사의 본질은 신과의 대화가 아닌가.

서재는 가까운 성당으로 향했다. 취중에 출입하는 것은 불경스러운 일일까? 그녀는 새삼스러운 자기 검열을 하고는 다시 편의점에 들러 구강청결제를 구입했다. 앳된 얼굴의 알바생을 보자 영호가 떠올랐다. 그 아이는 지금 이 순간에도 어딘가에서 생계를 위해 시간을 쓰고 있을까? 나 같은 건 잊었을까? 그만 멈춰야 했다. 생각을 정리하려고 성당에 가고 있으면서도 영호를 떠올리다니.

어쨌거나 서재는 자신이 할 수 있는 선에서 최대한 몸과 마음을 정비하고 성당 경내로 들어섰다. 그녀는 앞뜰에 있는 성모상 앞에 서서 간단히 기도를 올렸다.

"주님, 제 마음이 작아 사랑을 모두 품을 수 없습니다. 그러니 제 마음을 넓혀 주소서."

서재는 기억 속에 어렴풋이 남아 있는 기도문에 자신의 상황을 밀어 넣었다. 취중이라 정확한 문구는 가물가물했지만, 본심을 담은 기도이니 조금 틀려도 신께서 용서해 줄 거라 믿었다. 기도를 마치고 고개를 들자 성당 안에서 약한 빛이 새어 나오고 있었다. 길 잃은 양들을 위한 배려일까? 문이 열려 있었다. 서재는 빛을 향해 걸어갔다. 취기가 올라 어지러움을 느

껐지만 경건한 공간에 들어왔다는 생각에 최대한 비틀거리지
않으려 노력했다.

성당 안으로 들어서자 오래 묵은 나무의 차가운 향이 일렁
였다. 촛농이 남긴 미세한 단내와 두꺼운 커튼이 뱉어 내는 먼
지 냄새가 그녀를 압도했다. 괜한 걸음이었을까? 갑자기 죄인
의 심정이 되어 덜컥 겁이 났다. 용기를 내야 했다. 사랑은 죄
가 아니다. 그럼에도 마음이 무겁다면 이유를 찾아야 했다.

고해소는 입구 부근에 마련되어 있었다. 서재는 비어 있는
칸에 들어가 의자에 앉았다.

"사랑하는 사람이 상처를 준다고 미워하면 죄가 될까요?
동시에 여러 사람을 마음에 들이면 죄가 될까요? 아니면 사랑
했던 사람을 더 이상 사랑하지 않으면 죄가 될까요?"

서재는 올라오는 감정을 순서 없이 섞어 쏟아 냈다. 그런데
도 속이 시원하지 않았다.

"그거 알아요? 저는 사랑하는 남자가 셋이나 돼요. 그런데
웃긴 게 뭔지 알아요? 그 사람들은 제가 누군지도 몰라요."

서재는 어느새 죄를 고백하는 것이 아니라 푸념을 늘어놓
기 시작했다.

"그런데도 보고 싶고, 안고 싶고, 사랑한다고 말하고 싶고,

울고 싶고…"

울고 싶다는 말이 입 밖으로 나오자 두 눈 가득 눈물이 고였다.

"도대체 제가 누구를 보고 싶은지, 누구를 안고 싶은지, 누구를 사랑하는지 모르겠어요. 그래서 할 수 있는 것만 해요. 울고 싶을 때 울기만 해요."

눈을 질끈 감으니 가득 고여 있던 눈물이 비처럼 쏟아졌다. 서재는 비 오는 날이면 늘 그들의 군집 같은 숲 내음이 밀려와 마음을 흔들고, 저도 모르게 눈물이 쏟아진다고 토로했다. 사랑한다고, 사랑한다고 말했다. 그때였다. 반대편 공간에서 미세한 숨소리가 들렸다. 비어 있는 게 아니었어?

서재는 놀라 몸을 일으켰다. 그 바람에 그녀가 앉아 있던 의자가 요란한 소리를 내며 뒤로 벌렁 넘어졌다. 바로 이어 황급히 문 열리는 소리가 들리더니 누군가 바쁜 걸음으로 멀어져 갔다. 서재는 고해실 밖으로 나가 반대편 칸의 문을 열어젖혔다. 말린 장미 향기가 밀려왔다. 누군가의 체취였다. 서재는 서둘러 눈을 감고 공기에 남겨진 흔적에 집중했다. 묵직한 나무 향기가 고요하게 그녀의 눈물샘을 눌렀다.

서재는 의자에 털썩 주저앉았다. 딱딱한 나무 의자에 체온이 남아 있었다. 망연한 얼굴로 시선을 떨구었다. 발치에 하얀 물체가 있었다. 서재는 허리를 숙여 그 물체를 집어 들었다. 묘령의 상대는 얼마나 황급히 자리를 떠난 걸까? 고해실 안에는 눈처럼 하얀 운동화 한 짝이 덩그러니 남아 있었다.

《신데렐라》는 기만적인 동화였다. 애초에 발 사이즈로 사람을 찾는다는 설정 자체가 말이 안 되었다. 얼마나 아둔한 일인가. 서재는 그 사실을 몸소 체험해 보고서야 알았다. 서재가 쥐고 있던 운동화의 사이즈는 285밀리미터. 대한민국 남자들의 가장 흔한 발 사이즈였다. 그러나 단서는 고작 운동화 하나뿐이었다.

　서재는 학교 벤치에 앉아 셜록이 된 심정으로 운동화를 꼼꼼히 살펴보았다. 아디다스, 285밀리. 취향을 파악하기에는 지극히 평범한 디자인이었다. 혹시 주인의 탑노트가 배어 있을까 싶어 운동화에 코를 들이대고 킁킁댔다.

　"시니컬, 너 지금 뭐 해?"

　그녀의 기행에 벤치 앞을 지나던 같은 과 동기들이 호기심을 보였다.

"냄새를 통해 특정 인물에 대한 기억을 정확히 떠올릴 수 있다는 '후각 기억 회로'를 연구 중이야"

급하게 둘러댄 변명이었지만 그럴듯했다. 심지어 거짓말도 아니었다. 해명을 마친 그녀는 본격적으로 깔창까지 들춰 가며 운동화에 코를 박았다. 그러나 소득은 없었다. 주인이 떠난 지 오래되어서인지 운동화에는 미세한 베이스노트만이 남아 있었다.

서재는 다시 운동화를 살폈다. 신은 지 제법 되었는지 밑창이 많이 닳아 있었다. 아마 수안의 운동화는 아닐 것이다. 아디다스같이 대중적인 브랜드를 선호하지도 않았지만 이렇게 오래 신었을 리도 없다. 그렇다고 영호의 것이라 하기에는 뒤축이 너무 멀쩡했다. 전생에서 그는 신발을 구겨 신는 습관이 있었는데 여전히 그랬다. 지난번에 우연히 확인했다. 그렇다면 현달일까? 아니면 또 다른 전생의 인연? 설마. 또 다른 누군가가 나타나는 일만은 없기를 바랐다. 혼란은 지금으로도 충분했다.

차라리 현달이라 믿고 움직이는 편이 편했다. 서재를 스쳐 간 가벼운 인연들에게서는 지금 나타난 세 명의 남자와 같은

전생의 구남친들

향기가 나지 않았으니 설령 다시 태어나 그녀 앞에 나타났다 해도 알아볼 수 없었다.

"너 지금 어디야?"

서재는 현달이 운동화의 주인인지 확인하고 싶어 전화를 걸었다.

"체육관에서 농구하는 중."

"구경 가도 돼?"

"당연하지."

그는 서재의 방문을 반겼다. 그녀는 운동화를 사물함에 넣어 둔 뒤 곧장 현달이 있는 체육관으로 향했다. 체육관은 사물함이 있는 본관에서 한참 떨어진 학교 끝자락에 있었다. 급히 움직인 탓에 열이 올라 화끈거리는 얼굴에 미스트를 뿌린 뒤 체육관으로 들어섰다. 로비에 놓인 전신 거울 앞에서 매무새를 확인하는 일도 잊지 않았다.

대체로 체육관에서 농구하는 학생들은 자신이 인기 있다는 걸 아주 잘 아는 부류였다. 본인이 가진 외적인 매력과, 그 매력에 속절없이 끌려드는 여학생들이 얼마나 많은지를 정확히 인지하고 마음껏 누렸다. 지금처럼 공들여 치장한 여학생들이 넘쳐나는 상황이 그들에게는 익숙한 풍경이라는 뜻이었다.

서재는 그녀들의 분내를 맡으며 코트가 내려다보이는 관중석에 앉아 현달을 바라보았다. 남다른 체력과 운동신경 덕분인지 그의 기량은 다른 학생들보다 압도적으로 뛰어났다. 시원하게 3점 슛을 쏘아 올리는 현달을 보며 서재는 그의 과거를 떠올렸다. 장작도 잘 패고 밭도 잘 갈던 그는 음식도 잘 만들었고 글재주도 좋았다. 한마디로 다재다능한 남자였다. 저잣거리에 현달의 이름이 오르내리지 않는 날이 없을 만큼 인물 또한 훤칠했다. 그 시절 그가 갖지 못한 것은 오직 '신분'이었다. 무아와 같지 않은 신분.

"와, 진짜 덥다."

경기를 마친 현달은 땀 냄새를 풍기며 서재 옆에 털썩 앉아 생수를 들이켰다. 생김새가 이렇게 다른데 풍기는 분위기는 어쩌면 이렇게 비슷할까. 서재는 과거에 우물물을 들이켜던 그의 모습이 떠올라 저도 모르게 웃어 버렸다.

"왜 웃어?"

"그냥. 좋아서."

현달은 뭐가 좋은 거냐고 묻지 않았다. 서재는 일부러 그의 운동화를 슬쩍 밟았다. 그리고 닦아 준다는 핑계로 사이즈를 확인했다. 맙소사. 그의 발 사이즈는 295밀리였다. 현달이 아니었다니. 그럼 도대체 누구란 말인가?

"같이 자전거 타러 갈래?"

그녀의 속내를 알 리 없는 현달은 들떠 보였다. 호감과 호기심이 엉켜 있는 눈빛은 여전히 매력적이었다. 서재는 고개를 끄덕였다. 생을 거듭하는 동안에도 서재가 도통 익히지 못한 재주가 바로 자전거 타기였다.

서재는 잔뜩 겁을 먹은 바람에 코앞까지 가는 동안에도 몇 번이나 자전거와 함께 휘청거렸다. 현달은 몇 번이고 그녀를 일으켜 세우며 천천히 요령을 일러 주었다.

"일단 자전거가 무서운 이유부터 생각해 보자. 넘어질까 봐 그런 거지?"

현달은 서재의 어깨에 손을 올리고 차근차근 설명했다. 가르치는 재주가 여전해서 그의 말을 따르기만 하면 이번 생에는 정말 자전거를 탈 수 있을 것 같았다. 서재는 그의 손이 어깨에서 떨어지는 게 싫어 계속 질문을 반복했다. 귀찮을 법도 한데 현달은 방법을 바꿔 가며 설명을 이어 갔다. 그의 다정함에 새삼 뭉클했다.

"핸들을 이렇게 쥐는 거야?"

서재는 자전거 핸들을 어색하게 쥐고는 천진한 얼굴로 현달을 바라보았다. 그녀를 내려다보는 그의 앞머리가 가볍게 흩어졌다.

"아니, 이렇게."

현달의 손이 핸들을 쥐고 있는 그녀의 손에 포개졌다. 그의 따뜻한 체온이 손바닥으로부터 퍼져 그녀의 심장까지 닿았다.

"허리는 이렇게 세우면 되나?"

서재는 꼿꼿하게 허리를 세우고 시작 자세를 잡았다. 적당하지 않은 자세라는 것은 그녀 본인도 알았다. 조금 더 그의 손길이 필요했다.

"바보야, 그러면 넘어지잖아."

현달은 서재의 등을 감싸며 안정감 있는 자세로 고쳐 주었다. 단단한 손바닥이 어깨를 잡는 순간 서재는 눈을 감았다. 안도감이 느껴졌다. 까마득한 시간을 넘어 재회한 연인의 기운을 온전히 만끽하는 순간이었다.

현달이 움직일 때마다 나무뿌리에 얽힌 흙 내음이 올라왔다. 따뜻한 숨결이 귓가에 닿았다. 넓은 가슴이 그녀의 어깨를 감쌌다. 두 사람의 팔이 나란히 포개졌다. 반소매 아래로 드러난 서로의 살갗이 닿자 그의 맥박이 그녀에게 스몄다. 서재는 가슴이 떨렸다. 그가 살아 있음이 실감났다. 살아 있다. 함께 있다.

"나 너무 떨려."

서재는 숨을 내쉬며 담백한 고백을 쏟아 냈다.

"걱정 마. 절대 넘어지게 두지 않아."

그녀가 긴장했다고 여겼는지 현달은 듬직한 미소로 그녀를 다독였다. 아이를 달래듯 상냥한 말투였다.

"넘어지지 않는 방법부터 배우면 돼. 자전거는 속도가 있어야 균형을 잡을 수 있어. 천천히 가려고 하니까 더 불안정한 거야."

현달은 서재 뒤에서 자전거 안장을 잡아 주었다. 서재는 고개를 들어 앞을 보았다. 그녀 앞에 텅 빈 광장이 펼쳐져 있었다. 이제야 서재는 현달이 아닌 자전거에 집중하기 시작했다.

"자, 페달에 발을 올려 봐. 그런데 처음부터 두 발 다 올리지 말고 오른발만 먼저. 왼발은 땅에 대고 킥보드 타듯이 바닥을 밀어 주는 거야."

서재는 오른발을 페달에 올리고 왼발로 땅을 힘껏 밀었다. 그러나 힘 조절에 실패했는지 자전거는 중심을 잃고 크게 휘청거렸다. 현달이 잽싸게 잡아 주지 않았다면 그녀는 바닥을 뒹굴 뻔했다.

"잘했어. 그런데 힘을 조금만 빼자."

"이렇게?"

"맞아, 그렇게. 속도가 붙으면 왼발도 페달에 올리고. 중요한 건 앞을 보는 거야. 땅이나 바퀴를 보면 또 흔들릴 거야."

그의 말대로 하자 자전거가 1미터쯤 앞으로 나갔다. 잠시였지만 달리는 맛이 느껴졌다. 그러다가 돌연 두려움이 밀려왔다. 두려움을 느끼는 순간 다시 자전거가 기우뚱했다. 현달은 그 순간을 놓치지 않고 따라붙어 자전거를 잡았다.

"괜찮아. 잘하고 있어. 이번엔 내가 뒤에서 잡아 줄 테니까 양쪽 페달을 다 밟아 봐. 그냥 앞으로 가는 것만 생각해."

현달의 목소리에서 서두르지 않는 여유가 느껴졌다. 사람을 안정시키는 목소리였다. 서재는 그가 옳다고 되뇌었다. 앞으로 가는 일만 생각하면 되었다. 그에게서 멀어질까 봐 안달하지 말고.

"자, 이제 핸들을 너무 세게 말고 새끼 고양이를 만지듯이 부드럽게 잡아. 몸에 힘을 빼고 자전거가 가려는 방향으로 자연스럽게 따라가는 거야."

서재가 점점 안정감을 찾아가자 현달은 서서히 손을 놓았다.

"아주 좋아. 이제 혼자서도 충분히 할 수 있어. 자전거 타기의 비밀은 믿음이야. 자전거가 널 넘어뜨리려 한다고 생각하지 말고, 널 앞으로 데려가려 한다고 생각해 봐."

마침내 서재가 혼자 몇 미터를 나아가자 현달이 뒤에서 박수를 쳤다.

"역시 이서재. 이렇게 잘 탈 줄 처음부터 알았다니까."

바람을 가르며 달리는 감각은 짜릿했다. 자동차나 기차에 몸을 싣고 달리는 것과는 차원이 달랐다. 까마득한 과거의 어느 날 현달과 함께 말을 타고 달리던 때와 닮아 있었다. 서재는 달콤한 추억을 놓치고 싶지 않아 페달을 더욱 세게 밟았다.

속도가 올라가자 그 시절 현달의 모습이 선명하게 떠올랐다. 큰 키와 듬직한 어깨만 보면 장수라 해도 부족함이 없었고, 웃음 띤 앳된 얼굴을 보면 귀한 댁 자제라 해도 의심할 여지가 없었다. 두뇌도 명석했고 입담 또한 좋았다. 모든 면에서 거의 완벽한 그의 유일한 결점이라고는 천민이라는 사실뿐이었다.

그는 비록 머슴이었지만 식견이 넓고, 가르치는 일에 재능이 있어 어려운 지식을 누구보다 쉽게 이해시켰다. 그녀의 다섯 살 아래 동생 역시 현달의 도움으로 과거에 급제했다. 그러나 동생은 호조판서 자리까지 오르며 승승장구했지만 정작 현달은 비참하게 죽었다.

서재는 그가 죽던 순간이 떠올랐다. 수담호가 그를 단번에 삼켜 버리던 모습이 눈앞에 생생하게 펼쳐졌다. 우당탕. 질주하던 서재의 자전거가 요란한 소리를 내며 앞으로 고꾸라졌다. 자전거와 분리된 서재의 몸이 허공으로 날아 올랐다. 그 짧은 순간 그녀는 현달을 따라 수담호로 뛰어들었던 기억이 떠올랐다.

서재는 둔탁한 마찰음과 함께 땅바닥으로 떨어졌다. 현달이 뛰어오는 소리가 들렸다. 그가 가까워질수록 무아로 살았던 지난 생의 고통이 더욱 생생해지며 가슴이 아려 왔다. 같이 몸을 던지고도 홀로 살아남아야 했던 서글픈 생의 무게까지 또렷했다.

"이서재!"

그의 외침이 또렷하게 들렸지만 서재는 움직이지 않았다. 갑자기 눈물이 쏟아져 도저히 일어날 수 없었다. 우는 얼굴은 보이고 싶지 않았다. 전생에서 그녀가 지켜 냈던 유일한 약속은 어떤 경우에도 절대 울지 않겠다는 것이었다.

"괜찮아?"

현달이 놀란 얼굴로 꼼꼼하게 그녀를 챙겼다. 남을 챙기는

데 익숙한 사람만이 가진 손길이었다.

"아니, 안 괜찮아."

가슴속에서 무언가 뜨거운 것이 솟구쳐 올라왔다. 현달은 아무 말 없이 그녀를 가만히 다독였다.

"미안해. 넘어지지 않게 하겠다고 약속했는데."

현달의 위로에 서재의 울음보가 터졌다. 바보. 약속을 지키지 못한 건 네가 아니라 난데. 380년 전 그녀는 현달에게 지키지 못할 약속을 했다. 그녀를 사랑하지 않는다고 부정하던 그에게 신분 따위는 중요하지 않다며 어떤 경우에도 그를 지켜주겠다고 말이다. 그러나 삼간택 자리까지 올라갔던 그녀를 사랑했다는 이유로 그는 차가운 호수에 던져져 죽음을 맞이해야 했다.

"나 그냥 네 등 뒤에 탈래."

서재는 눈물을 닦으며 어리광을 부렸다.

"좋아. 대신 꽉 잡아야 해. 나 정말 빠르거든."

현달의 말에 서재는 고개를 끄덕였다. 그 바람에 남아 있던 눈물이 후두둑 떨어졌다. 몇 방울 정도는 현달의 얼굴에도 튀었다. 서재는 그 상황이 우스워 눈물을 닦지도 않고 깔깔거렸다.

"바보."

현달은 엄지를 들어 가만히 그녀의 눈물을 닦아 냈다. 야무진 손길로 무릎에 묻은 흙도 털어 주었다.

"자, 그럼 출발이다!"

현달의 외침과 함께 자전거가 달리기 시작했다. 그가 속도를 내자 바람을 타고 그의 탑노트 향이 스쳤다. 서재는 현달의 등에 기대고 그의 체온을 느꼈다. 키스 상대 같은 것은 아무래도 좋았다. 운동화의 주인이 누구여도 상관없었다. 다시는 현달을 놓아 주고 싶지 않았다. 적어도, 지금은.

아침에 눈을 뜬 서재는 적잖이 당황스러웠다. 느닷없이 그녀의 세상이 현달 위주로 보이기 시작했다. 어제의 데이트로 과거의 감정이 하룻밤 사이에 폭발적으로 되살아났다.

아침 먹었어? 난 샌드위치 먹는 중.

서재는 한 입 베어 물기 전에 샌드위치를 정성껏 각도까지 맞춰 찍었다. 그리고 그 사진을 현달에게 전송했다.

맛있겠다. 난 프로테인 먹고 운동 가.

그녀가 문자를 보낸 지 10초도 채 되지 않아 현달에게 답장이 왔다. 운동복 차림으로 찍은 셀카도 함께였다. '운동복 예쁘다.' '내가 예쁘다고 해 줘야지.' '그럼 예쁜 짓 하나 해 봐.' 서재는 현달과 연인이나 주고받을 법한 대화를 이어 가며 기분 좋은 아침을 보냈다. 예쁜 짓을 해 보라는 그녀의 문자에는 과장된 표정을 지은 현달의 사진 세 장이 도착했다. 서재는 그가 보고 싶은 마음을 참지 못하고 영상통화 버튼을 눌렀다. 현달은 피트니스 센터로 가는 길을 카메라로 비춰 가며 자신의 아침 시간을 서재와 공유했다.

"나 운동하는 동안 너도 예쁜 짓 하나? 알았지?"

현달의 농담 섞인 요구에 서재는 그가 운동에 몰두하는 사이 공들여 화장을 하고 사진을 찍어 보냈다. 운동을 마친 현달도 여러 장의 사진을 보내 왔다. 샤워 후 외출복으로 갈아입은 모습을 찍었는데, 캐주얼한 평소의 착장과 달리 신경 써서 챙겨 입은 흔적이 보여 서재를 흡족하게 했다.

서재는 그가 노골적으로 드러내는 호감에 가슴이 설렜다. 학교로 향하는 동안에도 핸드폰에 저장한 그의 사진을 한 장씩 넘기며 행복해했다.

"오늘 학생회 모임 있는 거 알지?"

동기의 전화에 서재는 다이어리를 확인했다. 그녀의 전화가 아니었다면 일정을 놓칠 뻔했다. 평소라면 기록에 의존할 필요 없이 스케줄을 머릿속에 기억하고 있었는데 최근에는 확실히 정신이 없었다.

서재는 잊지 않았다며 상대를 안심시키고 전화를 끊은 뒤 다이어리를 넘겼다. 혹시 또 놓친 일정이 없는지 확인해야 했다. 리포트 제출까지는 아직 날짜가 남아 있었고 학생회에서 추진하는 축제는 공연팀 섭외만 마치고 나면 한동안은 잊을 수 있었다. 조 모임 발표 준비는 자료를 넘겨받은 뒤 시작하면 되었다. 아차, 학회 신청이 있었지. 하마터면 큰일 날 뻔했다.

바삐 다이어리를 넘기던 서재는 첫 학기가 눈 깜짝할 새 지나가 버린 사실에 놀랐다. 어느새 5월이었다. 키스 동영상 사

전생의 구남친들

건 이후, 계획했던 대학 생활과는 거리가 먼 두 달이었다. 반복되는 생에서 두 번의 대학 생활을 경험한 그녀가 깨달은 것은 하나였다. 자신에게 집중하지 않는 삶은 소모적이라는 것.

대부분의 친목 모임은 생산적이지 못했다. 사소한 일이 감정 싸움을 일으켜 프로젝트의 본질을 흐리는 학회도 제법 있었다. 서재는 훌륭한 논문을 읽고 강의를 들으며 내적 발전에 집중하고 싶었다. 그런데 어이없게도 소중한 두 달을 지나간 사랑의 뒤꽁무니를 쫓는 데 허비했다.

그럼에도 현달과의 시간은 소중했다. 처음에는 마주 앉아 같은 밥을 먹고 같은 하늘을 볼 수 있다는 사실이 믿기지 않았다. 과거의 연애를 되짚으며 소설을 쓰던 당시 현달이 현생에 태어난다면 어떤 사람일까를 상상했던 적이 있는데, 그 상상 속의 모습을 현실에서 두 눈으로 보고 있었다. 오늘도 두 사람은 카페에 마주 앉아 있었다.

"그거 알아? 나 미술관에서 네가 벌인 퍼포먼스 봤어. 데미안 허스트."

"아, 그거?"

서재의 말에 현달은 특유의 밝은 웃음을 지었다.

"죽음이란 그냥 사라지는 거잖아."

"그렇지."

"죽음은 그저 소멸일 뿐인데 죽음을 겪어 본 사람이 없으니까 괜히 의미를 부여하지."

"육체는 그렇지만 정신적인 부분은 알 수 없잖아?"

서재는 정색하며 그의 말을 반박했다. 그의 말이 맞다면 지금 그녀의 눈앞에 있는 이는 그녀가 아는 현달이 아니었다. 수안도 영호도 존재하지 않았다. 그건 싫었다. 그녀는 여전히 기억하고 있는데 혼자 남겨지는 것은 싫었다.

"그건 증명할 수 없는 거니까. 난 그냥 자연의 법칙을 구현하고 싶었어."

서재는 뭔가 더 말하려다가 멈추었다. 이야기가 꼬리에 꼬리를 물면 듣고 싶지 않은 말을 듣게 될지도 모른다는 두려움에서였다.

"갑자기 궁금하다. 그때 미술관에서 많이 혼났어?"

서재는 서둘러 화제를 돌렸다.

"혼났지. 근데 각오를 해서 괜찮았어. 리포트에 힘준다는 게 좀 과했지. 보안실에 끌려가서 손이 발이 되게 빌었다니까."

현달이 무용담처럼 자신의 설치미술에 관한 이야기를 늘어놓았지만, 서재의 생각은 다시 그들에게로 돌아갔다.

전생의 구남친들

"죽음이 순수한 소멸이면 너랑 나랑 보낸 시간은 어떻게 되는 거야? 그건 어디로 가?"

서재가 물었다. 소멸이라는 두 글자가 그에 대한 그녀의 사랑을 가치 없는 것으로 만들어 버리는 기분이었다.

"이미 어디론가 사라졌겠지."

"아니지. 기억이 존재하잖아. 너랑 자전거를 탔던 시간은 아직 남아 있는 거라고."

"시간 차이는 있지만 사소한 기억은 그냥 휘발될 뿐이야. 중요한 기억도 육체에 남아 있다가 결국 함께 사라지겠지."

나쁜 놈. 이런 식으로 낭만적 감상에 찬물을 끼얹다니. 서재는 잠시 현달이 원망스러웠다. 시간이 흘러 기억이 사라지면 그때 느꼈던 감정 또한 무의 상태로 돌아가는 걸까? 받아들이기 어려운 결론이었다. 그녀가 현달에게 사랑을 느끼는 이유는 온전히 기억에 기대고 있기 때문이었다. 그런데 실은 전생의 기억은 모두 소멸되었으며 그녀가 믿는 기억은 그저 망상일 뿐이라면, 지금 그녀가 믿는 감정은 거짓일까? 아니면 참일까? 그리고 만약 그 모든 기억이 그저 가상일 뿐이라면 지금 자신의 눈앞에 있는 현달은 그녀가 사랑해도 되는 사람일까?

"방학 때 같이 여행 갈래?"

현달이 물었다. 그는 돌려 말하는 법 없이 속내를 깔끔하게 드러내서 좋았다. 이런 남자라면 설령 그가 과거에 그녀가 알던 그가 아니라 해도 좋을 것 같았다.

"좋아."

서재 역시 군더더기 없이 답했다.

"어디 가고 싶어?"

"글쎄. 여름방학은 기니까 유럽으로 갈까? 그러고 보니 파리에 가 본 지 오래되었네. 베니스도 가고 싶다."

서재가 마지막으로 파리에 갔던 것은 100여 년 전쯤이었다. 베니스에 다녀온 지는 그보다 비교적 얼마 되지 않았는데, 지난 생에 대학 졸업 기념으로 떠난 여행이니 44년 전쯤이었다. 베니스 여행은 소모적인 연애로 점철된 생을 위로하려 떠난 길이었기에 좋은 기억으로 남지 않았다. 돌이켜 보니 그토록 생을 허비했음에도 삶을 통째로 던질 만한 사랑은 참으로 드물게 찾아왔다. 그래서 파리는 서재에게 각별했다. 수안과 함께한 시간이 깃든 곳이었으므로.

아, 수안을 잊고 있었다. 아니, 솔직히 말하자면 애써 지우고 있었다. 수안과의 사랑은 상처투성이였다. 애증이라는 두

전생의 구남친들

글자로 집약되는 관계라 할 수 있었다. 그를 향한 절실함은 누구를 향한 것보다 컸고, 끝없이 그의 사랑을 확인하면서도 갈증이 멎지 않아 애닳아 하기도 했다. 곁에 있어도 외로웠고 품고 있어도 그리웠다. 그래서일까? 그때에 비할 바는 아니지만 지금의 수안 역시 상처를 주고 있음에도 서재는 그를 놓기 어려웠다. 수안은 고슴도치 같았다. 손에 쥐고자 하면 피를 봐야 했다.

서재는 수안에 대해 생각하느라 자신을 바라보는 현달의 시선을 알아채지 못했다. 그사이 식어 버린 그의 눈빛을 마주하고서야 현달의 기분이 가라앉아 있다는 사실을 깨달았다. 서재는 미안한 마음에 멋쩍게 웃어 보였다. 그러나 현달은 웃지 않았다.

"왜?"

"그냥."

그답지 않게 얼버무렸다.

"내가 다른 생각을 해서 그래?"

서재는 정직하게 물었다.

"다른 생각을 했었어? 몰랐네."

빈정대는 게 아니었다. 말 그대로 현달은 그녀가 상념에 빠져 있던 걸 눈치채지 못했다. 그렇다면 무엇이 그를 화나게 한 걸까?

"그럼 갑자기 왜 화가 났어?"

"화난 거 아니야."

"그럼?"

"갑자기 네가 멀게 느껴져."

순간 얼음처럼 찬 공기가 두 사람을 갈랐다. 10여 분 전과는 전혀 다른 온도였다.

"내가 뭐 잘못했어?"

"아니."

"그럼 뭔데?"

서재의 채근에도 현달은 굳게 입을 다물었다. 그녀는 더 이상 캐묻지 않고 조용히 그의 답을 기다렸다. 1분 남짓한 시간이 흘렀을까. 현달이 침묵을 깨고 입을 열었다.

"넌 나랑 다른 세상에 사는 사람 같아."

이건 또 무슨 소리지? 갑자기 현달도 전생의 기억이 떠오른 걸까?

"무슨 소리야?"

서재는 어안이 벙벙했다.

"너 학자금 대출 없지?"

"응? 아, 응."

느닷없이 학자금 대출은 왜?

"난 대출 없으면 당장 휴학해야 해. 너처럼 한가하게 해외 여행이나 다닐 처지는 아니라는 뜻이야."

현달의 말에 서재는 순간 현기증을 느꼈다. 수 세기를 거슬러 올라간 보름달이 뜬 어느 여름밤 담장 아래서 느꼈던 어지러움과 비슷했다. 그날 밤 서재는 현달에게 사랑을 고백했고 현달은 신분 차이를 이유로 거절했다. 그녀에 대한 감정의 크기가 반상의 규율을 거스를 만큼 거대하지 않다는 말도 덧붙였다. 서재는 자신이 누리고 있던 모든 걸 버리고 그와 함께할 용기가 있다 말했지만, 그는 그런 그녀를 감당할 자신이 없다며 돌아섰다.

"그럼 여행은 못 가겠네."

서재는 싸늘하게 쏘아붙이고 일어섰다. 더 이상 그를 볼 자신이 없었다. 한 마디라도 더 실망스러운 말을 내뱉으면 다시는 그를 찾지 않을 것 같았다. 서재는 별다른 인사 없이 돌아섰고 현달도 그녀를 잡지 않았다. 카페 문이 닫히는 순간 서재는 그가 사랑하다가 헤어졌던 지난날의 현달이 맞다는 확신이 들었다.

육신은 소멸되어도 일어났던 일은 사라지지 않았다. 그녀의 사랑도, 그의 비겁함도, 그들이 남겨 둔 수많은 생의 흔적도. 모두 뜨거운 에너지로 남아, 우주의 먼지만큼 작은 존재감일지언정 지금 이 순간을 이루고 있었다.

"어이 시니컬, 실연이라도 당했어?"

짓궂은 동기의 놀림에 서재는 눈을 흘겼다. 그의 말이 신경 쓰여 거울에 얼굴을 비춰 보았다. 눈 밑에 다크서클이 한 뼘은 내려와 있었다. 현달이 만들어 낸 것이었다. 아니, 꼭 그만의 잘못은 아니었다. 수안이 나타난 이래 연쇄적으로 일어난 일들이 원인이라고 하는 것이 정확하다.

서재는 스스로를 안쓰러워하며 정비공 같은 심정으로 거울에 비친 얼굴을 꼼꼼하게 점검했다. 한쪽 눈썹이 피폐했던 얼마간의 흔적처럼 멋대로 길게 그려져 있었다. 서재는 눈썹을 고치려다가 화장품 파우치가 없다는 걸 알아챘다. 집에 두고 온 모양이었다. 하는 수 없이 검지에 침을 발라 멋대로 그

전생의 구남친들

려진 눈썹을 지우는 걸로 임기응변을 해야 했다. 시간이 많다면 드러그스토어라도 뛰어갔다 오려고 했지만 15분 뒤면 강의 시작이었다.

"서재야! 프레젠테이션 보드 챙겼지?"

아차! 강의실 앞에서 만난 조원의 물음에 서재는 황급히 사물함으로 달려갔다. 하여간 덤벙대긴. 그녀는 자료를 꺼내며 근래 방만해진 학교생활에 대해 반성했다. 예정에도 없이 연애 문제에 휩싸여 시험공부는 작파한 상태였다. 이제라도 마음을 다잡아야 했다.

서재는 사물함을 닫고 심기일전을 다짐하다가 멈칫했다. 뭔가 중요한 게 사라진 기분이 들었다. 불길한 예감이 틀리기를 바라며 다시 사물함 안을 살폈다. 맙소사. 운동화가 감쪽같이 사라졌다. 안에 있는 물건을 전부 꺼내고 뒤로 넘어간 것은 아닌지 확인했다. 그러나 마지막 먼지 한 톨까지 털어 내도 운동화는 없었다.

정신없는 와중에도 다른 분실물은 없는지 살폈다. 없어진 물건은 오직 운동화 하나였다. 다른 사람의 입장에서는 다행이라 할 수 있을지도 모른다. 그러나 서재는 '차라리 다른 물건 전부를 가져가지'라는 심정이었다.

서재는 두통을 느끼며 잠시 사물함에 기댔다. 도둑질이라니. 누가 감히 남의 사물함을 뒤져 운동화를 가져갔단 말인가. 물론 그 운동화가 애초에 그녀의 물건을 아니었지만 그건 별개의 문제였다. 지금 중요한 것은 누군가가 그녀의 사물함을 무단으로 열었다는 사실이었다.

"도둑놈은 내가 반드시 잡는다!"

서재는 분을 이기지 못해 얼굴이 빨개졌다. 본의 아니게 커진 목소리 탓에 지나가던 몇몇 학생들이 고개를 돌렸지만 상관없었다. 가만히 주위를 살폈다. 범인은 현장에 다시 나타난다는 말이 있지 않은가. 어쩌면 운동화 도둑이 근처에서 그녀를 지켜보고 있을지도 몰랐다. 하지만 수상쩍은 사람은 보이지 않았다.

서재는 초조함을 드러내며 손톱을 물어뜯었다. 자신 말고 사물함 비밀번호를 아는 사람은 없었다. 하지만 우연히 번호를 누르는 걸 본 사람이 있었을지도 모른다. 아니면 누군가 여러 차례의 시도 끝에 비밀번호를 알아냈을 수도 있었다. 만일 후자의 경우라면 상당히 끈질긴 놈이라는 뜻이었다.

물론 서재가 문을 잠그지 않았을 가능성도 있었다. 그녀가 덜렁대는 편이라는 점을 감안하면 충분히 있을 법한 일이었다. 하지만 아까 그녀는 분명 잠긴 문을 열었다. 게다가 혹시나 문이 열려 있었다고 해도 멋대로 남의 물건에 손대는 것은 용납될 수 없었다.

서재는 정신을 집중하고 누가 운동화를 가져갔을지 곰곰이 생각해 보았다. 결론은 하나였다. 서재가 운동화를 갖고 있다는 사실을 알고, 동시에 그 운동화를 가져가야만 하는 사람, 즉 운동화의 주인이 범인이었다.

"괜찮아?"

서재는 화들짝 놀랐다. 취중 키스 상대의 것과 유사한 음성이 어깨 너머에서 들려온 것이다. 뒤돌아보니 영호였다.

"괜찮냐고 다시 물어봐 줄래?"

서재는 그 와중에도 영호가 키스 동영상의 주인공인지 확인해 보고 싶었다.

"응?"

"괜찮냐고 물어봐 달라고."

"너 진짜 괜찮아?"

서재는 눈을 감았다. 시각 정보 없이 목소리에만 집중하고 싶었다. 그러나 짧게 각인된 음성만으로는 판단이 어려웠다.

"아니. 안 괜찮아. 도둑맞았거든."

서재는 탐정 놀이를 포기하고 현실로 돌아왔다.

"뭘 도둑맞았는데?"

영호는 밤새 아르바이트라도 하다 온 건지 부스스한 모습으로 낡은 책가방을 한쪽 어깨에 걸치고 서 있었다.

"운동화."

서재는 상념을 털어 내고 담백하게 대꾸했다.

"네 운동화?"

"아니, 남의 운동화."

영호는 미간을 찌푸렸다. 말이 안 된다는 표정이었다. 서재는 한숨을 쉬었다. 설명하기 복잡한 사연이었다.

"말하자면 길어. 어쨌든 누군가가 내 사물함을 열고 그걸 가져갔어."

서재의 말에 영호는 그녀가 익히 아는 표정을 지었다. 어떤 방법을 써서라도 누군가를 돕고 싶은 순간이 오면 영호는 그런 표정을 짓곤 했다.

"사물함 비밀번호는 바꿨어?"

정답을 찾아낸 초등학생처럼 질문을 던지는 영호의 표정이 밝았다.

"맞다. 그것부터 해야겠네."

서재는 미처 생각지 못한 조언에 고개를 끄덕였다. 그녀가 번호를 바꾸는 사이 영호는 매너 좋게 등을 돌렸다. 우직한 등을 보니 그에게 업혀 다니던 시절이 떠올랐다. 하이힐을 신고 밤늦게까지 아르바이트하고 귀가할 때면 영호는 으레 등을 내어 주었다. 충분히 걸을 수 있음에도 그녀는 어리광을 부리며 그의 등에 매달렸다.

서재는 갑작스레 그의 체온이 그리워졌다. 저 넓은 등에 업혀 그의 귀를 잡아당기고 면도하지 않은 뺨에 뽀뽀도 하고 싶었다. 하지만 지금 당장은 범인을 찾는 게 우선이었다. 그녀는 영호의 발을 내려다보았다.

"너 발 사이즈가 몇이야?"

서재는 그가 범인인지 확인했다.

"285."

짤막한 대답과 동시에 그는 바로 용의선상에 올랐다. 서재는 그의 눈을 똑바로 바라보았다. 혹시 네가 범인이냐고 묻고 싶었지만 차마 그 말을 입에 올리지는 않았다. 어떤 면에서는 의미 없는 일이기도 했다. 그녀가 아는 그는 거짓말을 하지 못했다. 남을 속여야 하는 순간이 왔을 때도 제대로 해내지 못해 곤욕을 치르던 그였다. 이렇게 자연스러울 리가 없었다. 정말 영호가 가져갔다면 그는 진작 솔직하게 털어놓았을 것이다.
운동화를 가져간 이유와 함께.

"도와줄까?"

영호는 그녀를 혼자 두고 가자니 안심이 안 되는 모양이었다.

"뭘 도와줄 건데?"

서재는 반쯤은 기대를 놓고 물었다. 순해 터진 그는 이런
일에 맞지 않았다.

"도둑 잡기. 셜록 홈스 놀이 같은 거잖아."

영호는 장난스럽게 웃었다. 수안과의 시간이 수많은 사건
으로 점철되어 있었던 것과 달리 영호와의 사이에는 이렇다
할 사건이 없었다. 그와 함께했던 어느 장면을 떼어 내도 평범
했다. 영호와의 사랑은 조리개를 활짝 열어야 아름다운 순간
을 포착할 수 있는 사진 같은 존재였다. 시시각각 바뀌는 표정
들이, 사소한 순간을 반복하던 일상이 켜켜이 쌓여 한없이 그
리워지는 묵직한 추억을 만들어 낸 것이다.

"고마워. 근데 너도 용의자야."

서재는 코끝이 시큰해졌지만 괜한 감상에 젖기 싫어 농담
에 진담을 섞어 말했다.

"뭐?"

영호는 황당하다는 듯 눈을 동그랗게 떴다. 서재는 그의 반응에 웃음이 났다.

"농담이야. 넌 아니야."

그녀는 좀 더 그를 놀려 볼까 하다가 이내 접었다. 그를 골리는 일은 재미있었지만 지금은 때가 아니었다.

"어떻게 확신해?"

"넌 그런 애가 아니니까."

"좋은 뜻이야?"

"당연하지."

"그럼 진짜 범인은 누구야?"

아마 나랑 키스한 남자가 아닐까? 서재는 목구멍까지 올라온 말을 겨우 참았다.

"일단 CCTV부터 확인해 보자."

서재는 화제를 돌렸다. 영호는 고개를 끄덕이며 그녀를 따라나섰다. 둘은 보안실로 향했다. 사물함이 있는 복도의 CCTV 화면을 볼 수 있는 곳이었다. 걸음을 옮길수록 서재의 머리는 복잡해졌다. 고해소에서 그녀의 고백을 들었던 그 사람, 급하게 도망치면서까지 정체를 숨기려 했던 그 사람은 과연 누구일까. 그리고 왜 하필 지금 그 운동화가 사라진 걸까.

우연일까, 아니면 누군가의 의도일까.

서재는 문득 불안해졌다. 마치 거대한 퍼즐의 한 조각을 잃어 버린 기분이었다. 그 조각 없이는 전체 그림을 결코 완성할 수 없을 것 같은.

보안실을 나서는 서재는 심기가 불편했다. 한 학기 등록금이 얼마인데, 이 학교 학생은 또 몇 명인데 사물함을 비추는 CCTV가 고장이라니. 정말 화가 났다.

"너도 강아지 키워?"

서재의 기분을 달래고 싶었는지 영호가 얼굴을 들이밀며 물었다. 순간 서재는 멈춰 섰다. 그의 향기가 그녀의 심장을 쿡 눌렀다. 오랫동안 잊지 못한 '그들의' 베이스노트가 그녀의 정신을 흔들어 놓았다. 서재는 낯설고도 익숙한 눈길로 영호를 올려다보았다. 깡마른 얼굴, 살짝 웃음을 띤 입술. '영호야.' 하마터면 그를 다정하게 부를 뻔했다.

"응."

서재는 강아지 이야기로 말을 돌렸다. 생각해 보니 우스웠

　　　　　　　　　　　전생의 구남친들

다. 전생을 기억하는 것은 그녀뿐이니 두 사람은 거의 초면이나 마찬가지였다. 그런데 영호는 아까부터 계속 반말을 이어가고 있었다. 서재는 그 새삼스러운 깨달음에 기분이 좋아졌다. 그가 자신을 편하게 느낀다는 방증이었으니까. 서재는 흥에 겨워 객쩍은 반말을 몇 번 더 툭툭 던졌다. 그의 반말이 성격을 드러낸다면, 그녀의 반말은 관계를 드러냈다. 그에게 그녀는 낯선 여자일지 몰라도, 그녀에게 그는 오래된 연인이었다. 눈앞의 남자는, 다름 아닌, 그녀가 사랑하던 그 남자 이영호였다.

"그런데 강아지 키운다는 건 어떻게 알았어?"

"옷에 개털이 붙었길래. 아무리 떼도 끝이 없지?"

영호는 그녀의 옷에서 털을 떼어 내며 웃었다. 서재는 영호가 손가락으로 집고 있는 개털을 자신의 손바닥 위로 옮겨 온 후 움켜쥐었다.

"좋은 점도 있어. 개털이 붙어 있으면 학평이랑 같이 있는 기분이거든."

"학평이?"

"응. 우리 강아지."

"와, 이름이 고풍스럽네."

"그러니까."

웃고 떠드는 사이에도 영호는 학평의 털을 몇 번이나 떼어 주었다. 학평, 정확히는 이학평이다. 강아지 이름이 지나치게 사람 이름 같은 것은 그 역시 전생의 남자였기 때문이다. 서재는 비바람이 몰아치던 지난달 자정쯤 학평을 입양하게 되었다. 폭우 속에서 사랑하던 남자들 특유의 베이스노트를 맡은 서재는 골목을 샅샅이 뒤진 끝에 학평과 재회할 수 있었다. 학평의 탑노트는 감귤 향이었다. 179년 전의 그는 왕에게 진상할 귤을 관리하는 '귤림'에서 평생을 보냈다. 손바닥이 노랗게 될 때까지 귤을 까먹던 기억에서는 아직도 귤향이 묻어났다.

서재는 생을 반복하며 단 두 번 결혼했다. 신기하게도 그 배우자들은 이번 생에서 반려동물과 반려식물로 곁에 있다. 반려식물은 스페인이 원산지인 올리브나무로, 이름은 '마누엘'이었다. 마누엘은 학평과 마찬가지로 전남편의 이름이기도 했다. 서재는 그와 함께 바라보던 라만차 고원의 노을을 떠올렸다. 순간 그때의 바람이 마음 한구석을 간질였다.

서재는 집으로 돌아가고 싶었다. 전생의 연인들을 잠시 잊고, 자신을 있는 그대로 사랑해 주는 학평과 마누엘 곁으로. 그들 앞에서는 어떤 계산도 할 필요가 없었다. 양치를 하지 않아도 되었고, 산책을 거르고 물 주는 걸 잊어도 언제나 같은 모습으로 그녀를 기다려 주었다. 묵묵히 버팀목이 되어 주며 변하지 않는 사랑. 서재가 아는 한 그런 사랑은 부부의 연을 맺은 이들에게서만 볼 수 있었다.

학평과 마누엘이 강아지와 올리브나무로 다시 태어난 것은 어쩌면 과거의 사랑을 이어 가기 위해서였을지 모른다. 그래서였을까. 서재는 영호가 학평의 털을 떼어 내는 그 사소한 행동이 묘하게 신경 쓰였다. 서로 다른 시대의 라이벌이 우연히 마주친 듯한 기분이었고, 마치 바람피우다 걸린 사람처럼 괜히 죄책감이 들었다.

"영호 너도 강아지 키워?"

서재가 물었다. 과거의 그는 강아지를 키우고 싶어 했지만 끝내 들이지 못했다. 서재가 운영하던 카페 특성상 위생 문제를 감당할 수 없었다.

"내가 아니라 엄마가."

영호가 대답했다. 그러고는 부모님과 함께 산다고 덧붙였다. 굳이 엄마가 키운다고 말한 것이 서재는 마음에 걸렸다. 그가 동물을 싫어하는 것은 아닐까 하는 생각이 들었지만, 다행히 그는 강아지에 관한 해박한 지식을 늘어놓으며 그녀의 불안을 잠재웠다. 전생의 영호는 어린 시절 시골에서 자라 강아지나 송아지의 생태에 대해 훤히 알았다.

"그러고 보니 털갈이할 시기네. 봄이잖아."

그의 말투와 눈빛은 그 시절 영호의 것과 다를 바 없었다. 서재는 확신했다. 그는 영호였다.

"나랑 같이 밥 먹을래?"

그의 물음에 서재는 잠시 머뭇거렸다. 두 사람은 같이 밥을 먹기에는 아직 어색한 사이였다. 그녀에게는 존재하지만 그에게는 부재한 전생의 기억에 따르면 영호가 이렇게 쉽게 여자에게 식사를 청할 리 없었다. 그는 사교적이었지만 사적인 식사 자리는 거의 갖지 않았다. 특히 낯선 사람과는. 장이 약한 그는 불편한 자리 후에는 늘 탈이 났기 때문이다. 그러니 지금의 제안은 꽤 의외였다.

"싫어?"

그가 다시 물었다. 과거의 영호를 되짚느라 서재가 뜸을 들여 버렸다.

"좋아."

그녀가 웃자 그제야 영호도 웃었다. 새로 태어나면서 영호의 기질이 바뀐 걸까? 아니면 그때의 그와 같은 성격임에도

전생의 구남친들

그녀를 특별하게 여기는 걸까? 서재는 후자이길 바랐지만 아무래도 좋았다. 그를 보면 심장이 뛰기 시작했으니까.

"데이트는 별로였어? 뒤도 안 보고 가길래 엄청 즐거울 줄 알았는데."

골목길을 돌 무렵 영호가 물었다. 서재는 순간 당황했다. 어떤 데이트를 말하는 거지? 아, 단체 미팅! 그날 그녀는 영호와 현달 대신 수안을 선택했다. 기억을 떠올리느라 침묵이 이어지자 영호의 입가가 긴장으로 굳어졌다. 쓸데없는 말을 뱉었나 후회하는 눈치였다. 질투를 누르지 못하는 그의 모습이 귀여웠다.

서재는 그날 상처를 받았을 영호에게 미안했다. 그의 속내를 이제야 알아차렸다는 사실이 속상하기도 했다. 호감 있는 상대의 눈길을 받지 못하는 것은 상처였다. 그의 마음을 다치게 하고 싶지 않았다.

"별로인 것 같아 좋았어?"

서재는 장난으로 얼버무렸다. 다행히 서재의 대꾸에 영호가 웃었다.

"넌 어떤 사람이야?"

서재가 불쑥 물음을 던졌다. 과거가 아닌 현재의 그가 궁금했다.

"단순한 사람?"

영호의 반응이 귀여웠다. 생각만 했어야 하는데 서재는 저도 모르게 영호의 볼을 살짝 꼬집었다. 그의 귀가 순식간에 달아올랐다. 그 열기가 옮겨 붙었는지 그녀의 볼도 빨개졌다.

"꼬시는 거야?"

영호가 물었다.

"그런 걸 마음먹고 하는 사람은 없어."

서재는 무안해하며 대꾸했다.

"그럼 이건 진짜인 거네."

영호는 망설임 없이 그녀의 입술에 가볍게 뽀뽀했다. 갑작스러웠다. 하지만 달았다. 오랜 갈증 끝에 입술을 적시는 맑은 물처럼. 서재는 그의 입술을 놓치지 않으려 까치발을 했다. 포개진 입술 사이로 더운 숨결이 오고 갔다. 며칠 사이 두 남자와 키스하다니. 미칠 노릇이었다. 근데, 좋았다.

서재는 초조해졌다. 누구를 원하는지 알고 싶었다. 영호의 입술을 다시 맛보았다. 달았다. 그의 숨을 삼켰다. 나누고 싶었다. 입술을, 손길을, 체온을. 셀 수 없이 많은 시간들을. 수안이 갈망이라면 현달은 미련이었다. 소유하지 못한 연인에 대한 응어리인 셈이었다. 반면 영호는 쉼터처럼 항상 그녀의 안식처가 되어 주었다. 갈등도 질투도 불안함도 없는 사람. 그게 영호였다.

"좋아해."

저도 모르게 한 고백에 서재 자신조차 깜짝 놀랐다. 현생의 두 사람은 이제 막 알아 가기 시작한 사이였다. 그런데 고백이라니. 좋아한다니.

"나도."

영호가 다시 가볍게 입을 맞추었다. 행복했다. 두 사람은 서로의 입술을 나누다가 밥을 먹으러 갔다. 서재는 순서가 바뀌지 않아 다행이라고 생각했다. 식후의 키스는 그다지 로맨틱하지 못하니까.

4

선택

　결론부터 말하자면 그날 영호와의 식사 자리는 최악이었다. 그의 잘못이 아니었다. 원인은 서재에게 있었다. 무심코 바라본 창밖에서 다른 여자와 걷고 있는 이강을 발견한 탓이었다. 수채화에 묻은 페인트 자국처럼 불편하게 선명하고 화려한 여자였다.

　창문을 통해 봐서인지 두 사람이 걷는 모습은 영화 속 한 장면 같았다. 이강은 그녀가 한 번도 보지 못한 표정을 짓고 있었다. 보호자의 눈길, 무장해제된 미소, 다양한 감정 변화를 드러내는 눈썹의 잔물결이 서재의 질투심을 건드렸다. 음식은 훌륭했지만 맛이 느껴지지 않았다. 감미로운 음악 역시 그녀를 달래지 못했다. 영호의 목소리마저 이강에 대한 상념에 파묻혔다. 블랙홀에 빨려 들어간 심정이었다.

"나 잠깐 손 좀 씻고 올게."

서재는 영호에게 양해를 구한 뒤 화장실로 향했다. 화장이 지워지건 말건 세수를 했다. 키스의 여운이 가시기도 전에 다른 사람에게 관심이 쏠려 버리다니. 이서재 나쁜 년. 화장실 거울을 보며 착한 영호 대신 그녀가 욕을 해 주었다.

나중에 알게 된 사실이지만, 이강과 함께 걷던 여자는 그들이 다니고 있는 대학의 메이퀸이었다. 요즘 세상에도 5월의 여왕을 뽑다니. 서재는 시대착오적인 일이라며 분개했다. 친구들도 그녀의 말에 동조했지만 서재의 속내를 아는 이는 아무도 없었다. 서재는 그저 이강이 예쁜 여자와 함께 다니는 사실이 분했다.

그날 이후 서재는 이강을 주시했다. 이강 역시 그녀의 존재를 의식하고 있는 것 같았지만 태도에는 어떤 변화도 없었다. 메이퀸과의 관계 또한 마찬가지였다. 찰떡으로 붙여 두기라도 했는지 두 사람은 떨어질 줄을 몰랐다. 첫사랑이라고 했다. 이미 헤어진 사이라는 소문도 있었다. 정말일까? 직접 눈으로 보고야 말겠다는 다짐으로 두 사람이 지나칠 때마다 뚫어져라 살펴보았다. 메이퀸을 바라볼 때면 이강은 언제나 웃고 있었다. 꿀이라도 발라 놓은 듯. 그의 달콤한 눈빛을 보니 헤어진 것은 아닌 듯했다.

서재는 어이가 없었다. 지나간 사랑을 놓지 못하고 다시 붙어 다니는 두 사람이 우스웠다. 그러나 그녀야말로 그런 소리를 할 처지가 아니었다. 이강은 겨우 얼마 전의 사랑을 돌아보는 것뿐이지만 그녀 자신은 수백 년 전 사랑에 미련을 두고 있었다. 거기에 더해 이강까지 신경 쓰는 모양새라니.

하지만 일면 억울하기도 했다. 현생의 특별한 인연은 이강뿐이었는데, 전생의 연인들이 두 사람 사이에 무턱대고 끼어든 것 자체가 교통사고 같은 일이었다. 물론 합리화는 무용했다. 어차피 연애 감정은 이성적 사고와 상관없이 날뛰는 법이니까.

서재는 방에 틀어박혀 잔잔한 일상에 들이닥친 그들을 떠올렸다. 생각들이 사방으로 흩어져 정리되지 않자 결국 방이라도 치우기로 했다. 정신을 놓고 지낸 사이 침실은 엉망이 되었다. 특히 학평의 털이 작은 구름처럼 뭉쳐져 방바닥에 굴러다니고 있었다.

"이거 다 모으면 너 한 마리는 나오겠다."

서재는 애꿎은 학평을 나무랐다. 학평은 그저 꼬리를 흔들며 그녀의 뒤를 졸졸 따라다녔다. 서재는 잠시 손을 멈추고 학평을 가만히 바라보았다. 그러고 보니 학평 역시 과거의 남편과 유사하게 성향의 일관성이 있었다. 한 달간 지켜본바 학평은 모든 면에서 무난했다. 강아지치고 애교가 있는 성격이 아니었으며 잔병치레가 없고 식성도 까다롭지 않았다. 그리고 놀이를 즐기는 대신 그저 서재를 바라볼 수 있는 자리에서 느긋하게 자신의 시간을 누릴 뿐이었다.

서재는 문득 열흘이나 학평의 산책을 건너뛰었다는 사실을 깨달았다. 학평의 속내는 모르지만 전생을 기억하는 서재 입장에서는 그에게 소홀했던 것이 미안해졌다. 그가 전남편인 것과는 별개로 반려동물을 열흘이나 산책시키지 못한 것은 그녀의 잘못이었다. 결국 트레이닝복으로 갈아입은 서재는 학평을 데리고 공원으로 산책을 나섰다.

하늘에 노을이 번지기 시작했다. 여름이 가까워졌는지 살갗에 닿는 공기에서 온기가 느껴졌다. 학평이 흙냄새를 맡는 사이 서재는 피고 지는 꽃의 색깔이 다르다는 사실에 마음이 살짝 설렜다. 학평은 평소와 다름없이 그녀의 발걸음에 맞춰 묵묵히 걸었다. 이따금 풀 냄새를 맡느라 멈춰 서기는 했지만 여기저기 돌아다니며 부산을 떨지는 않았다. 그저 서재의 곁에 있는 것만으로도 충분한 듯했다.

서재는 전생의 학평, 그러니까 전남편과 함께 걷던 산책길을 떠올렸다. 평생 한 사람과 사랑을 일궈 가며 사는 삶은 수백 년을 돌이켜 봐도 손에 꼽을 만큼 특별한 경험이었다.

"미안. 요즘 너한테 소홀했지?"

서재는 학평의 눈높이에 맞춰 쪼그려 앉아 그의 머리를 쓰다듬었다. 학평은 손바닥이 닿기도 전에 귀를 젖히고 그녀의 손길을 기다리고 있었다. 단순하지만 절대적인 그의 사랑에 가슴이 찌르르 울렸다.

"이서재?"

감상에 빠진 그녀의 이름을 부르는 목소리가 들렸다. 이강이었다. 서재는 그간의 서운함도 잊고 반가움에 벌떡 일어섰다.

"어, 서이강이다."

서재는 딴청을 부렸다. 메이퀸과 함께 있던 모습이 떠올라 아주 잠깐 미웠지만 지금은 별 상관 없었다. 오버핏 티셔츠와 긴 반바지 차림의 이강은 평소와 다른 분위기를 풍겼고, 서재는 그 새로운 면모가 마음에 들었다. 만날 때마다 새로움을 주는 상대는 매력적이다.

"강아지 산책 중?"

"응."

"귀엽다. 만져 봐도 돼?"

"그럼."

서재의 허락이 떨어지자 이강은 몸을 낮추고 학평과 눈을 맞추었다.

"안녕?"

이강은 머쓱하게 인사하며 마디가 굵은 손가락으로 학평의 머리를 쓰다듬었다. 그의 손이 하네스를 잡고 있던 서재의 손을 스쳤다. 그는 아무렇지 않은 듯 학평에게 집중했지만 서재는 달랐다. 강아지를 쓰다듬는 그의 손길이, 서재에게 닿았던 손의 온도가 그녀의 마음을 뜨겁게 달구었다.

서재는 이강을 바라보았다. 강아지를 대하는 그의 눈빛이 유난히 애틋해 보이는 것은 그녀의 착각일까? 우연히 마주친 전 연인에게나 줄 수 있는 눈빛이었다. 심지어 학평은 그녀의 남편이었는데.

"어? 얘 원래 사람 싫어하는데."

배를 발랑 뒤집으며 난데없이 활달해진 학평의 모습에 서

전생의 구남친들

재는 고개를 갸웃했다. 노을 때문인지 아니면 다른 이유 때문인지 이강의 얼굴도 붉어 보였다.

"그래? 신기하네."

이강은 학평에게서 시선을 떼고 그녀와 마주 섰다. 가까운 거리였다. 그의 눈동자가 설렘으로 흔들리고 있음이 한눈에 보일 만큼.

"이름이 뭐야?"

"학평이."

"뭐? 강아지 이름이 학평이라고? 할아버지 이름 같은데?"

이강이 웃음을 터뜨렸지만 그 말이 맞았다. 학평은 사실 조상님이 아닌가. 서재는 불쑥 심술궂은 마음이 들어 하마터면 어르신께 버릇없이 굴지 말라고 으름장을 놓을 뻔했다.

"혹시 시간 있어? 같이 걸을래?"

이강의 물음은 조심스러웠고, 그래서 서재는 더 설렜다.

"응. 좋아."

서재는 흔쾌히 산책을 수락했다. 학평은 두 사람 사이를 쉼 없이 오갔다. 마치 둘을 연결해 주려는 것처럼. 서재의 마음도 쉼 없이 달렸다. 이따금 그와 팔이 닿거나 눈빛이 얽힐 때면 열망과 가책 사이를 오갔다. 누군가를 사랑하고 있었다. 외면하기 어려울 정도로 묵직한 감정이었다. 그러나 사랑하는 대상이 누구인지는 여전히 분간할 수 없었다.

"학평이가 건강해 보이네."

"응. 다행히 아픈 곳 없이 잘 지내고 있어."

"정말 다행이야. 많이 걱정되었거든."

이강은 학평을 바라보며 말했다.

"걱정?"

"응… 그러니까….'

이강이 말을 망설였다.

"유기견들이 보통 마음의 상처를 많이 받잖아."

이강의 목소리가 미세하게 떨렸다. 서재는 그 미묘한 변화를 놓치지 않았다.

"유기견인 건 어떻게 알았어?"

서재는 걸음을 멈춰 세웠다. 이강은 선뜻 대답하지 못했다. 서재는 차분히 그가 입을 열기를 기다렸다.

"생각할 시간을 줄 수 있어?"

"무슨 생각?"

"너한테 거짓말하기 싫어서."

단도직입적인 말. 심장이 두근댔다. 안도감과 불안감이 엇

박으로 뛰는 기분이었다. 이강이 정직한 성격이라는 점에 안도했지만, 그가 터뜨릴 진실이 뭔지 몰라 불안했다. 서재는 어느 쪽의 무게가 클까 싶어 이강을 보았다. 그는 담담한 기색이었지만 가만히 떨고 있었다. 서재는 가라앉은 이강의 속눈썹을 보며 그의 죄책감을 읽었다. 그리고 확신했다. 이강은 이미 학평의 존재를 아는 게 분명했다. 학평을 버린 게 이강인 걸까? 그럴 리는 없었다. 생명을 버린 사람은 누군가를 보살필 수 없었다. 서재는 학평을 보듬던 이강의 손길을 믿었다. 학평을 바라보던 그의 애틋한 눈빛을 믿었다.

"좋아. 시간을 줄게."

"고마워."

이강은 조용히 고개를 숙였다. 두 사람은 다시 걷기 시작했다. 오가는 말은 없었다. 필요한 침묵이었다.

일련의 일들을 겪은 이후 서재는 집에 칩거하기 시작했다. 전생의 기억이 현재의 사람들에게 상처를 주고 있었다. 각각의 생에서 목숨을 걸고 사랑했던 사람들이 동시에 나타나는 바람에 서재는 도무지 온전한 정신을 유지할 수 없었다.

수안을 만나면 1900년으로 돌아가 그를 빼앗기고 싶지 않다는 열망에 휩싸였다. 현달과 함께할 때면 다시는 그를 잃지 않을 것이라는 각오를 다졌다. 그러다가도 영호 앞에 서면 모든 것을 내려놓고 그의 품에 안겨 쉬고 싶었다. 그야말로 최악이었다.

거기에 더해 새로운 인연, 이강이 있었다. 그녀가 세 명의 남자들에게 치이고 흔들리는 순간에도 이강은 결코 그녀의 머릿속을 떠나지 않았다. 반복되던 인생 어느 시기에서도 접점이 없던 남자였다. 그녀의 연인도 무엇도 아니었다. 그런데도 서재는 이강이 궁금했다. 그가 다른 여자와 있으면 화가 났다. 숱한 변명을 끌어와도 자신은 바람둥이나 다름없었다. 부끄러웠다.

모두가 좋았다. 열 손가락 중 아프지 않은 손가락이 없는 것처럼 말이다. 그런데도 그들 가운데 한 명을 꼭 선택해야 할까? 이쯤 되니 그녀는 지쳐 가기 시작했다. 한 사람만 사랑해야 한다는 규칙은 도대체 누가 만든 걸까. 심술이 났다. 그러나 그녀도 알고 있었다. 여럿에게 사랑을 말하는 순간 모두에게 거짓이 된다는 걸.

자신이 원하는 상대가 누구인지 확인해야 했다. 상대가 그녀를 원하는지는 부차적인 문제였다. 이건 결과를 위함이 아니었다. 그들을 아끼는 방식이었다. 좋아하는 사람에게 상처 주고 싶지 않았다.

'이 세상에서 네가 제일 좋아.' 차가운 겨울밤 수안에게 고백했다. 여름날의 눈부신 오후 현달에게 소리쳤다. 가을 아침 눈을 뜨자마자 영호에게 속삭였다. 그러나 세상에서 가장 좋아하는 사람은 오직 하나뿐이어야 했다. 서재는 벌떡 일어났다. 원하는 답을 얻으려면 결국 한 사람씩 다시 만나 보는 수밖에 없었다.

혹시 시간 있어?

서재는 먼저 수안에게 연락했다. 스토커 사건으로 인한 불신에 차갑게 식어 버린 두 사람의 키스 사건까지 더해졌으니 정리가 필요했다. 그와의 약속 이후 현달과 영호와도 일정을 잡았다. 이강의 이름도 떠올랐지만 그를 목록에 넣지는 않았다. 이강과 다른 이들은 서재가 느끼는 감정의 무게가 달랐다. 이강은 분명 설레는 상대였지만 다른 이들에 비해 가벼운 무게로 다가오는 것은 어쩔 수 없었다. 아니, 가볍다기보다는 다른 결이었다.

수안과 만나기로 한 토요일 아침, 서재는 새벽부터 일어나 팩을 하고 옷을 고르며 부산을 떨었다. 그는 까다로운 취향의 소유자였다. 잘 익은 취향의 가치를 알아보는 사람이었다. 서재는 리바이스 데님 스커트와 빳빳한 면 소재의 프라다 셔츠를 꺼냈다. 1970년대에 출시된 샤넬 빈티지 목걸이를 매치하니 과하지 않으면서도 우아해 보였다. 깔끔한 머스크 향수로 마무리하는 것도 잊지 않았다. 수안의 향기와 섞이면 완벽한 공기가 완성될 것 같았다.

"구두 예쁘다."

함께 걷는 길, 수안은 서재의 빈티지 슈즈에 관심을 보였다. 5년 전에 산 에르메스 구두였다.

"여행 갔다가 샀어. 이 구두 챙겨 온다고 정신 팔다가 트렁크를 놓고 왔다니까."

서재의 말에 수안이 웃었다. 귀한 미소였다. 그는 웃음에 인색한 사람이었다. 한때는 그가 웃는 걸 보고 싶어 일부러 엉뚱한 실수도 많이 했었다. 짝짝이 양말을 신고 그의 앞에 나타나

거나 책을 손에 쥐고 책이 없어졌다며 호들갑을 떨기도 했다. 그럴 때마다 그는 어처구니없다는 표정으로 웃곤 했는데 그녀는 그 미소를 사랑했다.

옛 기억이 떠오르자 서재는 마치 그 시간을 쥐려는 듯 가만히 손을 뻗어 그의 앞머리를 가만히 쓸어 올렸다. 수안의 반듯한 눈썹이 살짝 꿈틀거렸다. 서재는 그의 이마에 입을 맞추고 싶은 마음을 겨우 눌렀다.

과거에도 수안은 미감이 빼어났다. 당시 파리에서 유학 생활을 했던 그는 에르메스 코트와 랑방의 가죽 장갑을 유독 아꼈다. 그녀가 첫 무대에서 성공적으로 데뷔했던 날에는 금사가 섞인 샤넬의 트위드 코트를 선물하기도 했다.

"무슨 생각해?"

수안이 물었다.

"왜 궁금한데?"

"눈빛이 야해서."

수안은 그녀가 반응할 틈도 없이 입을 맞추었다. 지난번처럼 농염한 키스는 아니었지만 그 담백함이 오히려 아팠다. 그와의 사랑은 이루어지지 못했다. 그러나 지금은 이루어질 수 있을지도 몰랐다.

"야해서 좋아?"

서재가 물었다.

"아니. 너라서 좋아."

수안이 답했다. 그 말이 믿기지 않았다. 과거의 그는 계산이 많은 남자였다. 사랑하는 사람에게조차 말을 고르고, 상황을 따지고, 손해 보지 않으려고 했다. 그러나 서재는 그때의 그와 지금의 수안이 여전히 같은 사람임을 알았다. 달라진 것은 단 하나, 절박함의 유무였다. 당시의 그는 벼랑 끝의 인생을 버텼지만 지금은 달랐다. 현재의 수안은 돌려 말할 필요가 없는 삶을 살고 있었다. 예전의 그도 같은 처지였다면 그녀를 버리지 않았을 것이다.

지난 생에서는 받지 못했던 담백한 고백에 서재는 노곤해졌다. 오랜 시간 간절히 원하던 무언가를 거머쥔 뒤의 감정일까? 쾌감과 허무함이 뒤섞여 혼란스러웠다. 급기야 수안만 있다면 다른 것은 아무 상관 없다는 생각이 들었다. 이 남자와 함께할 수만 있다면…. 하지만 이내 이성을 붙잡았다. 감정에 흔들리기 전에 그와 해결해야 할 문제가 있었다.

"물어볼 게 있어."

"뭔데?"

전생의 구남친들

"키스 동영상."

서재는 곧바로 정곡을 찔렀다. 두 사람 사이의 공기가 삽시간에 얼어붙었다.

"아는구나."

"아니 몰라."

그는 답을 피할 생각이 없어 보였다. 오히려 말을 정리해 두었다는 느낌이 들 정도로 표정에 흔들림이 없었다. 그 오만한 평정심이 겨우 무너뜨린 둘 사이의 벽을 다시 세우는 기분이었다. 서재는 불안해졌다.

"키스 동영상이라며."

먼저 말을 꺼낸 쪽은 서재인데 오히려 수세에 몰리는 기분이었다. 이런 순간에도 당당할 수 있는 것은 타고난 기질일까? 결백의 증거일까?

"너랑 이상한 여자가 하는 이야기를 들었어. 네가 동영상이 유포되는 걸 막으려고 돈을 줬다는 것까지."

수안은 침묵했다. 확실히 쉽게 대답할 수 있는 성격의 물음은 아니었다. 그의 입장을 헤아리며 서재는 참을성 있게 기다렸다. 다행히 그는 시간을 오래 끌지 않고 사실을 털어놓았다.

"어떻게 들릴지 모르지만 가끔 나한텐 스토커가 붙어. 유튜

버들도 있고. 평범한 일상도 편집만 잘하면 사건으로 키울 수 있거든. 잘난 아빠를 둔 덕분이지."

"그래서?"

"그 여자는 여러 스토커 중에서 제일 악질이었어. 또 따라붙었길래 내가 역으로 잡았지. 그 자리에서 핸드폰을 압수해서 확인하다가 네 동영상을 본 거고."

"그때 넌 나를 몰랐어. 그런데 네가 무슨 상관이라고 그런 사람한테 돈을 줘?"

서재는 화가 나서 그를 몰아붙였다. 처음에는 미안해하던 그의 얼굴에 짜증이 번졌다.

"내가 뭘 잘못했어? 난 도우려던 것뿐이야. 내가 왜 이런 취급을 받아야 하는데?"

그는 버럭 소리를 질렀다. 서재는 눈물이 핑 돌았다. 그녀의 눈가에 고인 눈물이 반짝이자 그는 이내 미안해졌는지 감정을 추슬렀다. 서재도 더 이상 캐묻지 않았다. 그는 자신의 방식대로 선의를 베풀었고, 그 방식이 그녀에게는 맞지 않았을 뿐이다. 다만 마지막 궁금증은 풀고 싶었다.

"너한테 이런 걸 묻는다는 게 너무 우스운데, 그때 나랑 키스한 게 너는 아니지?"

서재는 키스 하나에 관계의 무게 추를 달리 둘 만큼 순진하지는 않았다. 다만 그날의 강렬한 감정에 미련이 남았다. 그녀가 느꼈던 감정 자체를 순수하게 갈망했다. 수백 년을 살아도 다시는 느끼기 어려울 만큼 강력한 자력이었으니까.

　"응."

　서재는 눈을 감았다. 여러 감정이 혼재되어서 묵직하게 누르고 있는 진짜 감정이 무엇인지 찾아낼 수 없었다. 안도도, 분노도, 실망도 아닌 이상한 감정이 가슴 깊은 곳을 눌렀다. 그저 서운했다. 그 순간 그토록 절실하게 키스하던 상대가 수안이 아니라는 사실이 슬프기도 했다. 누가 그렇게 그리웠을까? 그리고 수안은 왜 여전히 못난 남자일까? 털어놓으면 아무 일도 아닌데 묻어 두는 사람은 질색이었다. 나쁜 남자라고 오해해 그를 놓아 버렸던 과거의 그녀가 미웠다. 그가 나쁜 놈이 아니라 못난 남자인 줄 알았으면 꼭 끌어안고 놓아 주지 않았을 텐데.

　"고마워. 도와주려고 해서."

　서재는 형식적인 말을 뱉고는 등을 돌렸다. 사실 돌아서고 싶지 않았다. 눈앞의 수안을, 그토록 사랑했던 남자를 무안하게 만들기 싫었다. 하지만 실망감을 주체할 수 없었다.

"화났다고 말해, 그냥."

돌아서는 그녀를 수안이 막아섰다.

"화난 게 아니야. 실망한 거지."

서재는 담담히 쏘아붙였다.

"널 보호하려고 했어."

"날 믿었어야지. 다 털어놓고 같이 해결해야 했어. 네 방식대로가 아니라 우리가 같이. 넌 항상 똑같아."

서재는 분한 눈으로 그를 쏘아보았다. 과거의 그녀는 감히 그에게 화내지 못했다. 그저 울며 매달렸을 뿐이다. 그러나 지금은 달랐다. 그때 두 사람이 무엇을 잘못했는지, 어떻게 사랑했어야 하는지 명확히 알고 있었다. 그도 그녀도 서로에게 진실해야 했다. 그는 둘의 사랑만으로 모든 걸 버텨 내기 무섭다고 털어놓았어야 했고, 그녀는 그를 놓아 주지 못하겠다고 고백해야 했다. 그러나 두 사람 모두 그러지 못했다.

"오늘은 그만하자. 나중에 전화할게."

단호하게 잘라 냈어야 하는데 서재는 끝내 미련의 꼬리를 남기고 자리를 떠났다. 수안은 더 이상 그녀를 잡지 않았다. 서재는 몇 번이나 되돌아가서 수안을 안을까 고민했다. 그를 용서한 것도, 좋아해서도 아니었다. 단지 마지막이라면 온전히 그의 온기를 느껴 보고 싶었다. 100년을 건너 이루어진 재회였다. 이대로 헤어지고 싶지는 않았다. 하지만 서재는 알고 있었다. 결코 돌아가면 안 된다는 사실을. 지금 돌아가면 다시는 벗어나지 못한다는 것을.

서재는 다시 수안에게 돌아가지 않기 위해 있는 힘껏 달렸다. 그러다가 순간 발이 엉키는 바람에 넘어지고 말았다. 다시 일어서려는데 바닥을 뒹구는 전단지가 눈에 들어왔다. 사람들에게 밟혀 너덜너덜해진 전단지 상단에 '잃어 버린 강아지를 찾습니다'라는 흔한 문구가 적혀 있었다. 그리고 그 아래 강아지 사진이 박혀 있었는데 한눈에 봐도 학평이었다.

"학평이에게… 가족이 있었어…"

외면하고 싶었던 진실에 서재는 다리 힘이 풀려 다시 털썩 주저앉았다. 학평과 지낸 시간이 스쳐 갔다. 마음이 무너지려 할 때 학평에게 기대면 믿기 어려울 정도로 빠르게 회복되곤 했다. 그런 학평과 이별하고 싶지 않았다. 못 본 체하고 싶었다. 하지만 그에게 가족이 있다면 돌려보내야 옳았다. 서재는 고민 끝에 핸드폰을 꺼냈다. 떨리는 손으로 전단지에 적힌 전화번호를 눌러 통화를 시도했다.

"이서재?"

신호음이 단 한 번 울리고, 핸드폰 너머에서 익숙한 음성이 들려왔다. 서재는 너무 놀라 액정 화면을 보았다. '서이강.' 그녀의 동공이 흔들렸다. 서이강 네가 학평의 보호자였다고?

학평은 평소처럼 현관까지 그녀를 배웅했다. 서재는 손을 흔들고는 밖으로 나섰다. 오늘은 현달과 만나기로 한 날이었다. 현달과의 데이트 역시 설렜지만 치장하는 데 든 시간은 수안 때의 절반도 되지 않았다. 그때 힘을 많이 빼 버린 탓도 있었지만 머릿속이 복잡한 탓이 더 컸다.

현달과의 약속 장소로 향하는 동안 서재는 학평, 아니 이강을 생각했다. 그녀가 학평의 가족 찾기에 노력을 쏟지 않았던 것은 아니다. 학평과의 이별은 슬펐지만 현생의 가족이 훨씬 의지가 될 거라는 사실을 알고 있었으니까. 그동안 온라인 지역 카페를 뒤지고 동물병원에 문의도 해 보았지만 학평을 찾는 이는 없었다.

그렇게 시간을 보내는 동안 어느새 둘 사이는 찰떡같아졌고, 과묵한 마누엘과도 제법 잘 지내는 것을 보고 어쩔 수 없

전생의 구남친들

다고 합리화하며 학평을 품에서 놓지 않았다. 그런데 이강이 학평의 보호자였다니.

서재는 학평과 산책하던 날 이강과 만난 일을 떠올렸다. 당시에는 학평을 살갑게 챙기던 이강의 모습이 따뜻함인 줄만 알았다. 학평이 경계심 없이 그를 따르던 모습을 특이점 정도로 스쳐 지나가기도 했다. 그러나 이강이 학평의 보호자였다면 지금까지와는 그림이 달라진다. 이강이 강아지를 유기하는 나쁜 놈이라면 어째야 하는 거지? 믿고 싶지 않은 현실에 그녀는 망연자실했다. 이젠 뭘 어째야 할지 알 수 없었다.

'너한테 거짓말하기 싫어서.'

무심히 넘겼던 이강의 고백이 귓가에 맴돌았다. 그는 분명 뭔가를 고백하려다가 겨우 삼켰다. 그는 진실의 순간을 잠시 미뤄 두었을 뿐 숨길 의도는 없어 보였다. 물론 이렇게 생각하는 데는 그에 대한 호감이 개입했을지도 모른다. 그가 나쁜 사람은 아닐 거라는 믿음이 절실했다. 서재는 그만큼 이강이 좋았다.

"나 놔두고 딴 놈 생각하는 거야?"

영화관으로 향하는 길에 현달이 물었다. 서재는 고개를 끄덕였다. 뜻밖에도 현달은 크게 웃었다.

"바보야, 이럴 때는 아니라고 해야지."

"아니라고 하면 믿었어?"

"아니."

두 사람은 동시에 웃었다.

"수담호에서 처음 봤을 때 왜 나한테 끌렸어?"

"예뻐서?"

"주변에 있던 다른 애들이 더 예뻤는데?"

"그건 맞아."

"바보야, 이럴 때는 아니라고 해야지."

서재는 눈을 흘기며 좀 전에 그가 한 말을 돌려주었다.

"사실은 나도 이상했어. 호수 앞에 섰는데 누군가가 끌어당기는 느낌이 들었어. 홀린 기분이랄까."

그의 말에 서재는 적잖이 놀랐다. 현달은 자각하지 못하고 있지만 그의 세포 어딘가에 그녀에 대한 기억이 남아 있는 걸까?

"우리, 영화 보지 말고 서점 갈래?"

서재가 현달에게 물었다. 자신이 쓴 소설을 보여 주고 그가 뭔가를 기억하는지 확인하고 싶었다. 현달은 흔쾌히 응했고 두 사람은 서점으로 향했다. 서재는 후미진 곳에 있는 책장에서 자신과 그의 이야기를 담은 소설 《춘화춘몽》을 찾아냈다.

'춘몽'은 무아가 춘화를 그릴 때 본명 대신 사용하던 이름이었다. 그 시절 그녀에게도 작가적 기질이 있었음이 분명했다.

"제목이 웃기다. 이리 줘 봐."

서재가 권하기도 전에 현달이 먼저 책을 청했다. 서재는 가만히 책을 건넸고 현달은 먼저 표지를 살피고는 책장을 넘기기 시작했다. 서재는 같은 책을 한 권 더 꺼내 그와 속도를 맞춰 두 사람의 과거를 읽어 나가기 시작했다.

'어쨌거나 모든 건 그 녀석 때문이야.'

무아는 생각했다. 그 망할 머슴 놈이 코앞에서 웃통을 벗어젖히고 장작만 패지 않았던들 수컷의 그 단단한 몸뚱이에 현혹될 일 따위는 없을 터였다. 그놈은 장작을 패며 땀내를 풍겼고 목이 탄다며 거침없이 우물물을 들이켰다. 사소하다면 사소한 행동이었으나 무아의 눈에는 그렇지 않았다.

해마다 삭풍이 불어올 때쯤이면 머슴 놈들은 장작을 패느라 분주했다. 군불을 때기 위함이었다. 무아의 어머니는 유독 추위에 민감하여 구들장의 열기가 조금이라도 잦아들라치면 여지없이 불호령을 내리곤 했다. 덕분에 집 안에는 온종일 나무 쪼개지는 소리가 가득했다.

아직도 이해가 되지 않는 것은 날이 그리 추웠는데도 현달이 웃통을 벗었다는 것이다. 계집종들에게 잘 보이기 위한 일종의 과시라 여길 수도 있을 터이나, 무아가 아는 한 현달은 꽤나 도도한 사내였으니 그것은 이치에 맞지 않았다.

사흘 전 즈음에도 현달은 맨 살갗을 찬바람에 맡긴 채 쉼 없이 도끼를 휘둘렀다. 나무 쪼개지는 소리가 귓전을 때릴 때마다 그의 어깻죽지가 오르내렸다. 그의 몸뚱이에서 더운 김이 올라오고 등짝에는 탐스러운 땀방울이 송골송골 맺혔다. 무아는 그를 구경하는 재미에 빠져 시간 가는 줄을 몰랐다.

잠시 후 그가 다시 장작을 내려치려 도끼를 한껏 들어 올리자 바지 아래 숨어 있던 그의 아랫도리가 슬쩍 도드라졌다. 그녀는 정신이 아득해졌다.

"무얼 그리 보십니까?"

현달이 물어 왔다. 양손으로 턱을 괴고 넋 빠진 얼굴로 사내놈의 몸뚱이를 감상하고 있는 꼴이라니. 하늘을 호령하고 땅도 가른다는 영의정 댁 셋째 딸의 품행치고는 심히 불량했다.

"바람 본다."

무아는 되는대로 둘러댔다.

"바람이라 하셨습니까?"

현달은 미심쩍은 얼굴로 되물었다.

"그래, 바람."

무아는 퉁명스럽게 말했다.

"그게 눈에 보이십니까?"

현달은 여전히 믿을 수 없다는 듯 물었다.

"보이다마다."

무아는 일단 고집을 부려 보았다. 신분 차이는 무언가를 우겨 대야 하는 순간 특히 유용했다.

"보이지 않는 것이 보인다 하시니 아무래도 아씨께서 고뿔이 드셨나 봅니다."

현달은 은근슬쩍 농을 던지고는 다시 도끼를 쥐었다.

"천것의 눈에 그게 보일 턱이 있겠느냐?"

무아는 또박또박 대꾸하는 현달이 마음에 들지 않아 공연히 성질을 냈다. 그러나 현달은 딱히 마음을 쓰지 않는 눈치였다. 하긴, 마음이 쓰이면 어찌할 것인가. 현달은 어디까지나 머슴이고 무아는 고결한 양반집 규수였다. 그는 노비이고 그녀는 주인이 아닌가. 그러나 단언컨대 현달이 더 이상 대꾸하지 않았던 것은 주인에 대한 복종이 아니었다. 사내의 배려였다. 바득바득 여인네를 이겨 먹는 좀스러운 짓은 하지 않겠다는 태도였다. 무아는 그런 현달이 제법 마음에 들었다.

"현달이 그것은 어쩌다 우리 집에 들어오게 되었느냐?"
그가 집에 온 지 보름을 넘기던 날 무아는 참을성을 잃고는 삼월이를 채근했다.
"말도 마셔요. 현달이 그놈이 얼마나 대단한 놈인지."
삼월이는 제 서방의 자랑이라도 늘어놓는 양 흥이 올라 있었다.
"천것 주제에 대단해 보았자지 뭐 그리 호들갑이냐?"
"그리 말씀하실 일이 아니라니까요? 대감님께서 현달이 그놈을 데려오려고 얼마나 공을 들이셨는데요."
"그러니 이상하다는 게 아니냐. 그깟 머슴 놈 하나가 무어 대단해서?"
"아씨, 그 병판 댁 셋째 아들 아시죠?"
"팔푼이라 소문난 그놈 말이냐?"
"귀한 분께서 말끝마다 놈이 뭐예요, 놈이."
"이랬거나 저랬거나. 그래서 그 셋째 놈이 어쨌다고?"

전생의 구남친들

"지난봄에 장원급제를 했답니다."

"그게 말이 되느냐? 여섯 해 전만 해도 천자문을 떼느냐 못 떼느냐를 놓고 내기가 붙던 위인이 그놈이다. 그뿐이냐? 3년 전 초시에는 글자인지 그림인지 모를 것을 적어 넣어 온 한양의 웃음거리가 되지 않았느냐."

"그러니까 신통방통하다는 게지요."

"근데 그 셋째 놈이 장원급제를 한 것과 현달이 놈이 무슨 상관이 있다는 게냐?"

"현달이가 그 셋째 놈의 스승이랍니다."

현달의 칭찬에 흥이 난 삼월이는 얼결에 장원급제를 한 양반 댁 자제에게 '놈' 자를 붙이는 불경을 저질렀다. 그러나 입심이 붙은 삼월이도, 호기심이 만발한 무아도 이를 문제 삼을 정신은 없었다.

"스승이라니? 현달이가 글이라도 가르쳤다는 소리냐?"

"그렇다마다요. 지금 호조판서에 오른 김팔봉 대감도 현달이의 제자라고 합니다. 물론 다들 쉬쉬하고 있지만요."

"그래서 아버님께서 현달이를 율이의 스승으로 들이셨다는 말이냐?"

율이는 다섯 살 터울이 지는 무아의 동생이자 이 집의 유일한 아들이었다.

"헌데 너는 얼굴이 왜 그리 붉은 것이냐? 혹 나의 연지라도 찍어다가 바른 게냐?"

무아는 거울 너머 제 머리 단장을 돕는 삼월이의 얼굴을 마뜩잖게 바라보았다.

"아니에요, 아씨. 어찌 공연히 사람을 잡으셔요?"

삼월이가 펄쩍 뛰었다. 그녀의 말이 옳았다. 무아는 생트집을 잡고 있었다. 삼월이의 마음속에 현달이 들어앉은 것이 심히 못마땅한 탓이었다. 지켜본 바에 의하면 현달은 계집종들 사이에서 인기가 많았다. 반반한 얼굴과 훤칠한 키도 모자라 차분한 성격까지 갖추고 있으니 그럴 만도 했다.

가늠해 보건데 그의 신장은 족히 5척이 넘었다. 지난번 새 옷을 지을 때 자신의 신장이 4척이라 들었으니 분명 그즈음 될 터였다. 현달과 마주 서면 꼭 머리 하나만큼의 차이가 났는데, 무아의 입장에서 이는 공연히 설레면서도 까닭 없이 분한 마음이 드는 대목이었다.

'손에 닿지 않으십니까?' 며칠 전 사과를 따느라 까치발을 하던 무아에게 현달이 물었다. 무아는 대답 대신 선선히 고개를 끄덕였다. 그러자 그는 힘 하나 들이지 않고 내 어깨 너머로 손을 뻗어 사과를 따 주었다. 하필이면 어깨 너머였다. 두 툼한 그의 손이 내 어깨를 거쳐 뺨까지 스쳤다는 말이다. 이제 와서 하는 말이지만 그 손이 들고 나는 사이 무아는 숨을 참 느라 머릿속이 온통 하얗게 질렸더랬다.

어쨌거나 그 현달이 놈이 아우의 스승이 되다니. 양반 댁의 자제로 태어나 머슴 놈에게 가르침을 받아야 하는 아우의 아 둔함은 꾸짖어야 마땅하다고 생각했다. 그러나 어쩐 일인지 고마운 마음이 앞섰다. 만일 율이의 입신양명을 위해 현달을 집에 들였다면 아버님께서는 절대로 그를 놓아 주지 않을 것 이었다. 생각이 거기에 이르자 무아의 입가에 얄궂은 미소가 걸렸다. 당분간은 심심치 않은 하루하루를 보낼 수 있게 될 터 였다.

"이서재."

현달이 무아가 아닌 서재를 불렀다. 서재는 그제야 소설에 서, 아니 두 사람의 추억에서 빠져나와 그를 올려다보았다.

"책 읽는 모습이 진짜 예쁘다."

현달의 말에 서재는 두 가지 감정이 교차했다. 지금 이 순간 사랑받는 여자의 행복감과 과거를 기억하지 못하는 그에 대한 서운함. 이 책을 읽고도 별다른 동요가 없다면 그는 전생을 기억하지 못하는 게 분명했다. 물론 무아를 기억하지 못하는 것은 현달의 잘못이 아니었다.

"그 책 재미있어?"

서재는 실낱같은 희망을 가지고 물었다.

"그럭저럭? 난 로맨스는 별로라."

그는 들고 있던 책을 미련 없이 책장에 꽂아 넣고는 그녀의 이마에 가볍게 입을 맞추었다. 무아가 아닌 서재에게 하는 입맞춤이었다. 현달이 책에 흥미를 보이지 않자 서재는 그와 함께 카페로 향했다. 서운한 마음을 다독일 시간이 필요했다. 현달은 아메리카노를 마시면서 자신의 철학적 관점을 늘어놓았다.

"불교에서는 진정한 의미에서의 해탈에 이르면 더 이상 윤회하지 않는다고 하던데, 이상하게 난 그 말이 가끔 생각나더라."

현달의 말에 서재는 호기심이 일었다. 결국 그녀가 윤회를 반복한 것은 해탈에 이르지 못해서였을까?

"그래서 네 생각은 어떤대? 너도 해탈하고 싶어?"

"아니."

전생의 구남친들

서재의 물음이 떨어지기가 무섭게 현달은 잘라 말했다.

"속세에 매혹적인 게 얼마나 많은데 해탈을 해. 난 내가 죽도록 사랑하는 존재가 남아 있다면 다시 태어날 거야. 그래서 기어이 다시 만날 거야."

순간 서재는 낭만적인 기분에 휩싸여 현달을 바라보았다. 혹시 그가 두 사람의 전생을 기억하고 있을지 모른다는 얄팍한 기대감도 잠시 스쳤다. 설령 그렇지 않더라도 지금 이 순간 그녀 앞에 존재하는 그 자체가 사랑의 증명 같아 울컥했다. 해탈이란 고통에서 벗어나기 위한 노력의 결과다. 집착하는 존재로부터 자유로워지는 선택인 셈이다. 그 방법을 알면서도 다시 사랑하는 존재를 선택하겠다는 현달의 말은 서재의 마음을 달구기에 충분했다. 길고도 긴 시간 그를 잊지 않고 품어온 것에 대해 삽시간에 보상받는 기분이었다.

"참, 전공 담당 교수님이 재미있는 제안을 하셨어."

현달이 갑자기 웃음을 지으며 고개를 저었다.

"어떤 제안?"

"해외 컬로퀴엄에 나를 추천하고 싶다고 하시더라. 젊은 철학도들을 위한 국제 프로그램이래."

서재는 깜짝 놀랐다. 그가 언급한 교수는 유럽에서 20년간 연구하다가 돌아온 석학으로, 철학은 물론 문화예술 분야에 큰 영향력을 미치고 있었다. 그런 분의 추천을 받는다는 것은 일생에 한 번 올까 말까 한 엄청난 기회였다.

"대단한데?"

"사실 데미안 허스트 전시 때의 퍼포먼스도 교수님 눈에 들어 보려고 했던 선택이긴 한데 막상 연락이 오니까 이상하더라."

"뭐가?"

"솔직히 말하면 나를 택한 게 좀 의외였어."

말을 마친 현달은 이맛살을 찌푸리며 쯧 하고 혀를 찼다. 380년 전의 현달에게도 그런 습관이 있었다. 서재는, 아니 무아는 그 습관이 나오는 걸 싫어했는데 그 후에는 여지없이 그녀가 좋아하지 않는 그의 면모가 드러나기 때문이었다.

"네가 뛰어나서 그런 거 아닐까?"

일단 서재는 의례적인 물음을 던졌다.

"아니야, 그게 아니라…."

현달이 잠시 망설이더니 담담하게 말을 이었다.

"보통 이런 기회는 연줄이 있거나 집안 배경이 좋은 애들한 테 가거든. 네가 다른 과라서 잘 모르나 본데 나 같은 애한테 는 이런 제안이 잘 안 와."

원래 철학을 전공하고 싶었던 서재는 입시 준비를 하는 동안 그 교수의 유튜브를 찾아보곤 했다. 그의 저서와 논문도 모조리 읽어 보았다. 그런 입장에서 보자면 현달이 그렇게 말하는 것은 자격지심 때문인 것 같았다.

현달은 자신이 선택받은 이유를 본인의 실력이나 노력에서 찾고 있지 않았다. 마치 좋은 일이 일어난 것 자체를 부정하는 듯했다. 과거의 현달 역시 좋은 일이 찾아오면 의심부터 했다.

"내가 너라면 그런 생각은 안 할 거야."

서재가 달래듯 말했다.

"왜?"

"넌 충분히 잘났으니까."

서재는 그에게 용기를 주고 싶었다. 이번 생에서 그의 가정환경이 어떤지는 알 수 없지만 대단한 사람이라고, 훌륭한 교수의 추천을 받을 만큼 멋진 사람이라고 말해 주고 싶었다.

"이상하지. 네가 그렇게 말하니까 내가 더 작아지는 기분이야."

현달의 솔직한 고백이 서재의 폐부를 찔렀다.

"무슨 뜻이야?"

간신히 감정을 누르며 그녀가 물었다.

"넌 구김살이 없잖아. 그런 표정, 그런 확신은 아무나 가질 수 있는 게 아니지."

담담한 말투였지만 차가웠다. 그의 입가에 비릿한 웃음이 올라왔다. 그녀가 아니라 자신을 향한 냉소였다. 질식할 것 같은 침묵이 찾아왔다. 서재는 머릿속이 백지가 되어 아무 말도 할 수 없었다. 뭔가 중요한 걸 알아챈 기분이었지만 실마리가 잡히지 않았다.

"그렇게 말하니까 더 모르겠어."

서재는 애달프게 그를 바라보았다. 슬픈 예감이 그녀를 짓누르기 시작했다. 알고 싶지 않은 무언가를 확인하게 될 것 같았다.

"매사에 부정적인 나랑은 다르다고. 그래서 더 너한테 끌렸지만."

어긋난 말투, 그늘진 얼굴, 싫은 표정. 자격지심. 갑자기 전율이 일며 380년 전에 현달이 했던 말이 뇌리를 스쳤다.

'난 네가 좋은 게 아니라 네가 되고 싶었어.'

그때는 그 말의 의미를 정확히 헤아리지 못했다. 하지만 이제 알 것 같았다. 현달은 동경과 사랑의 차이를 알지 못했다. 자신의 장점에는 눈을 감고 그녀와의 차이에만 집착하며 작아졌다. 서재는 그를 바라보았다. 남다른 두뇌, 기민한 판단력, 창의적인 시각과 뛰어난 운동신경까지. 그는 정말로 장점이 많은 남자였지만 그런 자신의 진가를 끝내 알지 못했다.

"현달아."

이 이름을 다시 부를 수 있을까? 서재는 말꼬리를 입에 물고 주저했다. 그러나 이젠 이별을 말할 때였다. 그녀가 곁에 있는 한 현달이 끝내 자기 자신을 사랑하지 않을 것 같아 두려웠다.

"왜?"

서재의 침묵이 너무 길어지자 그가 채근해 왔다. 더 이상은 도망칠 수 없었다.

"너랑 나랑은 그만 보는 게 좋겠다."

막상 뱉고 보니 이상하리만치 아프지 않았다. 이제까지는 그녀 자신을 위해 그를 정리할지를 놓고 고민해 왔다. 하지만 이 결정은 그를 위한 일이었다. 동경과 사랑은 달랐다. 그를 놓아 주어야 했다. 더 이상 그를 작아지게 하고 싶지 않았다.

"그래. 이해해. 너랑 난 어울리지 않으니까."

그녀가 말을 맺자 비틀린 웃음소리가 났다. 역광 탓에 표정은 읽지 못했지만 어떤 식으로 그의 얼굴이 구겨졌을지 훤히 그려졌다. 내색하지 않으려 굳은 두 뺨에 억지로 끌어올린 입꼬리가 눈에 선했다. 가슴이 시렸다. 서재는 지금의 현달이 어떤 현실과 마주하고 있는지 알지 못했다. 그러나 누구보다 훌륭해 보이는 그가 '구김살 없는' 그녀에게 박탈감을 느낀다는 사실이 그녀를 슬프게 했다.

"그런 게 아니야. 그냥 넌 준비가 안 된 것 같아."

"어떤 준비?"

"널 사랑할 준비."

서재는 말을 맺으며 그의 눈을 바라보았다. 진심을 전할 수 있는 마지막 창구였다. 그러나 얼어붙은 그의 동공을 보니 그녀의 말이 꽤 오랫동안 본심과 다르게 떠돌지 모른다는 생각이 들었다.

"넌 참 끝내자는 말도 어렵게 한다."

현달이 실소했다. 서운함은 당연했다. 아니, 화가 날 것이다. 하지만 서재는 하고 싶은 말을 해야 했다. 그래야 나중에라도 그가 이해할 수 있었다. 380년 전 그의 말을 그녀가 이제야 헤아린 것처럼.

"화를 내도 좋아. 욕해도 상관없어. 그래도 말할 거니까. 널 좋아했었어. 그런데 지금은 아니야. 왜인 줄 알아? 넌 정말 멍

전생의 구남친들

청이니까. 자기를 돌볼 줄 모르는 사람은 딱 질색이야. 자기가 얼마나 잘났는지도 모르는 바보 같은 놈."

서재는 저도 모르게 언성을 높였다.

"그래. 내가 바보였어. 상처받을 거 알았는데 시작해 버렸고 이렇게 끝났네."

현달이 무력하게 물러섰다. 그는 마지막으로 서재의 머리를 매만지려다가 그만두었다. 찰나의 교감에 또다시 그녀에게 붙들릴 것 같은 불안감에서였을까? 대신 옷에 붙은 머리카락을 떼어 주는 걸로 자신의 열망을 잠재웠다.

현달이 서재에게서 멀어졌다. 그의 뒷모습이 점처럼 작아질 때까지 서재는 그 자리에 서 있었지만 현달은 한 번도 뒤를 돌아보지 않았다. 강한 감정이 몰아쳐 그녀의 마음에도 큰 생채기를 냈지만 서재는 아픈 줄도 몰랐다.

5

자각

　현달과 헤어진 지 사흘이 지났다. 그간 서재는 고열에 시달리며 꼼짝없이 누워 있었다. 사흘 사이에 4킬로그램이나 몸무게가 줄었다. 죽을 것같이 고통스러웠지만 한편으로는 후련했다. 이제 더 이상 그에게 미안해하지 않아도 되었다. 그로 인해 자신이 다칠 일도 없었다. 서재는 여전히 그녀 자신을 가장 사랑하고 싶었다. 자신을 다치게 하는 사랑은 지긋지긋했다. 만약 누군가를 사랑한다면 서로가 정말 행복해지는 사랑을 하고 싶었다.

　그녀는 며칠을 더 앓고 나서야 겨우 등교할 수 있었다. 여전히 몸이 무거웠지만 오랜만에 강의를 들으니 좋았다. 지적

호기심을 채우느라 정신이 몸을 이겼다. 솔직히 서재가 강의에 매달리는 것은 현달을 머릿속에서 비워 내고 싶기 때문이기도 했다. 그를 떠올리면 아직 몸살 기운이 남아 있는 것처럼 열이 오르고 몸이 덜덜 떨렸다. 이별의 후유증이었다.

수업이 끝나고 건물을 나서려는데 때마침 비가 쏟아지기 시작했다. 우산이 없던 서재는 될 대로 되라는 심정으로 빗속으로 뛰어들었다. 빗물이 머리카락을 타고 내리자 왠지 위로가 되었다. 울지 못하는 그녀 대신 하늘이 울어 주는 기분이었다.

얼마나 걸었을까. 검은 우산 하나가 조용히 그녀의 시야를 가렸다. 어깨에 닿는 누군가의 팔에서 온기가 느껴졌다. 영호였다.

"영호야."

그의 온기에 그녀는 자신이 떨고 있었음을 깨달았다. 찰나의 온기에 인내심이 무너졌다. 울고 싶었지만 이상하게 눈물이 나오지 않았다. 눈물도 얼어 버린 걸까? 서재는 기가 막혔다. 그 와중에도 영호는 무슨 일이 있는지 묻지 않은 채 묵묵히 우산을 받쳐 들고 그녀와 나란히 걸었다.

영호가 침묵으로 배려하는 사이 서재는 자신의 속내를 헤아렸다. 현달과 이별하며 깨달은 바가 있었다. 사랑의 총량에는 한계가 있다는 것, 그리고 수안에 대한 미련이 상상 이상으로 거대하다는 사실을 말이다.

현달과 수안 모두 헤어져야 할 이유는 명확했다. 하지만 현달은 보냈고 수안은 남겨 두었다. 수안의 고질적인 단점들이 반복되어도 그를 잘라 내지 못했다. 그 지독한 편애 끝에 서재는 인정할 수밖에 없었다. 상대에 따라 사랑의 크기는 달라지며, 수안에 대한 열망은 이미 통제할 수 없을 만큼 비대해졌다는 것을.

"너 고민 있구나?"

영호는 서재를 안팎으로 살피고 있었다. 함께 걷는 내내 그녀의 안색을 살핀 모양이었다. 뭐라고 답할까 고민하는 사이, 영호는 자신의 머플러를 풀어 서재의 목에 감아 주었다. 얇은 리넨 머플러였다. 리넨이라니. 영호답지 않은 다소 섬세한 취향의 소재였다. 무던한 성격의 그는 멋을 부릴 줄 모르는 남자였다. 과거에도 그녀가 사 주는 옷만 입었다.

"혹시… 여자친구 있어?"

서재는 자기가 말해 놓고도 화들짝 놀랐다. 언제부터 본심을 숨기는 일이 이렇게 어려웠던가. 일련의 충격으로 너무 쉬운 여자가 되어 버린 건가?

"갑자기?"

영호가 머쓱하게 웃었다.

"머플러. 네 취향은 아닐 것 같아서."

"귀신이네. 선물받은 거야."

영호는 별것 아니라는 듯 대답했지만 서재의 가슴속에서 질투심이 짧게 일었다. 때마침 바람을 타고 그의 향기가 밀려왔다. 익숙한 베이스노트. 서재는 그에게 안겨 심장 소리를 듣고 싶은 충동을 느꼈지만 겨우 참았다.

"집에 가던 길이야?"

영호가 물었다. 비는 여전히 내리고 있었고, 두 사람은 우산 아래에서 어깨를 맞대고 있었다.

"그랬었는데… 지금 너무 춥다."

"그럼 어떡할래? 잠시 비를 피하고 갈래?"

"따뜻한 데로 들어가자. 추워."

서재의 대답에 영호가 고개를 끄덕였다. 그는 항상 그랬다. 서재가 원하는 것을 먼저 확인하고 계획을 세웠다. 그런 배려가 고마우면서도 한편으로는 아쉬웠다. 가끔은 그가 주도적으로 결정하고 행동했으면 좋겠다는 생각이 들었다.

빗발이 더욱 거세지는 바람에 두 사람은 선택의 여지 없이 근처에 있는 가게로 무작정 들어갔다. 문을 열고 보니 낡은 LP바였다. 워낙 인적이 드문 곳이기도 했지만 비 오는 날 저녁이어서인지 손님이 거의 없었다. 두 사람은 창가 자리에 앉아 줄기차게 내리는 비를 구경했다.

"따뜻한 차 마실래? 아니면 술?"

영호가 물었다.

"차로 할게."

영호는 서재의 몫으로 캐머마일차를 주문했다. 그의 세포 어딘가에 서재의 취향이 각인되어 있다는 사실에 그녀는 가슴이 뭉클했다.

"사물함 사건은 어떻게 됐어?"

순간 현실로 돌아온 느낌이 들었다. 그러고 보니 연이은 데이트와 감정의 폭발에 정신이 팔려 운동화 주인을 찾는 일은 까맣게 잊고 있었다.

"그냥 흐지부지. 요즘 정신이 없네."

"그러게. 힘들어 보이더라."

"날 보고 있었어?"

"보지 않으려고 해도 보이니까."

영호는 서재가 다른 이들에게 정신을 팔고 있을 때도 묵묵히 곁을 지켜 준 사람이었다. 밀물과 썰물처럼 감정의 파도가 사납게 밀려오고 밀려 나갈 때조차 말이다. 서재가 가장 자기 자신일 수 있었던 순간은 늘 영호 옆이었다. 노력하지 않아도 사랑받을 수 있었다. 꾸미지 않아도 예뻐해 주었다. 그와 함께 할 때면 언제나 사랑받고 있다는 느낌이 들었다.

그때 슈베르트의 현악 4중주가 울려 퍼졌다. 수안이 좋아하던 곡이었다. 그는 아직도 이 음악을 사랑할까? 바이올린 연주자가 활을 밀고 당길 때마다 그의 마음속이 요동칠까? 서재가 그 생각에 빠져 있던 사이 영호는 조용히 그녀를 바라보고 있었다. 묵묵하게 서재의 답을 기다리고 있었다. 자신의 구애에 대한 화답을.

"이영호."

"응?"

"고마워."

"뭐가?"

"날 좋아해 줘서."

영호는 따뜻함이 가득한 눈빛으로 서재를 바라보았다.

"뭐야 무섭게. 꼭 안녕이라고 말할 것 같은 눈빛이잖아."

영호는 늘 서재가 말하지 않아도 알고 있었다. 아무리 멋대로인 그녀라도 그의 앞에서는 거짓말은 할 수가 없었다. 이제 그의 차례였다. 현달을 보낸 것처럼 그와도 헤어질 시간이었다. 서재는 영호의 손을 잡았다. 따뜻하고 단단한 손이었다. 서재는 그 손을 놓아야 했다. 더 이상 설레지 않았다. 충분히 사랑했기에 어떤 미련도 없었다. 그도 이제 다른 사랑을 누리길 바랐다.

"나도 너를 좋아해."

서재가 무겁게 입을 열었다.

"서재야."

"응?"

"애쓰지 않아도 돼."

그 한 문장에 서재는 참지 못하고 눈물을 터뜨렸다. 영호는 눈물을 닦아 주지 않았다. 그저 기다려 주었다. 고마웠다. 이 순간 영호의 손길이 닿는다면 그를 보내는 게 더욱 힘들 것이다.

"정말 고마워. 그래서 미안해."

서재는 입술을 떨며 겨우 입을 열었다.

"미안하다고 사랑할 수는 없잖아. 고마워서 사랑할 수 없는 것처럼."

영호의 마지막 말은 잔혹할 만큼 사실이었다. 가슴에 든 멍이 퍼져 가는 걸까. 숨을 쉴 수 없을 만큼 마음이 아팠다. 뜨겁게 타오른 뒤 사라져 버리는 사랑은 흔했다. 그러나 영호처럼 오랜 시간 가슴을 달구는 사랑은 흔치 않았다. 그가 소중했다. 지금은 특히 절실했다. 하지만 그가 원하는 사랑을 줄 수 없다는 것은 피해 갈 수 없는 진실이었다. 미안함 위에 세워진 사랑은 결국 두 사람 모두를 파괴할 게 뻔했다. 역시 그를 보내는 게 옳았다.

그렇게 영호와도 끝이 났다. 이제 정말로 수안만 남았다. '사랑은 그럼에도 불구하고'라는 흔한 말처럼, 그의 모든 단점에도 불구하고 서재는 수안이 좋았다. 더 이상 헷갈릴 일도 망설일 일도 없었다. 오로지 그의 마음을 확인하는 일뿐이었다.

이불 속으로 따뜻한 온기가 파고들었다. 옆구리에 머물던 온기가 이내 가슴팍으로 올라오더니 그녀의 하얀 목덜미를 집요하게 핥아 댔다.

"학평아, 이제 그만."

잠에 취해 있던 서재는 학평의 구애에 피식 웃었다. 이쯤

전생의 구남친들

되면 학평이 사람인지도 모른다는 농담에 가까운 상상이 든 것이다. 학평은 유난히 스킨십을 좋아했다. 서재는 그런 학평이 귀여워 연신 뽀뽀를 하다가 돌연 멈추었다. 이강도 학평을 끌어안고 뽀뽀를 했을까? 그런 상상 한 줄기가 가슴을 묘하게 간질였다. 이강의 입술은 어떤 맛일까? 생각이 이상한 방향으로 흐르기 시작했다. 말도 안 된다. 아직 소중한 인연들을 잘라 낸 상처가 아물기도 전이었다. 더군다나 그에게 끌리는 감정의 정체도 아직 모호했다. 그러니 이강에 대한 생각은 여기서 멈춰야 했다.

서재는 침대에서 벌떡 일어나 슬리퍼를 신고 책상 앞으로 걸어갔다. 처음에는 수안과 약속을 잡을 생각으로 핸드폰을 집어 들었는데, 그 밑에 있던 전단지에 눈길이 갔다. 학평을 찾는 전단지였다. 서재는 생수 한 모금을 삼키며 전화번호의 숫자 하나하나를 다시 머리에 새겼다. 아무래도 이강을 먼저 만나야겠다.

하지만 어떻게 만나야 할지는 선뜻 결심이 서지 않았다. 다른 사람인 척 전화해 볼까도 생각했지만 의미가 없었다. 이미 이강은 그녀가 학평을 키우고 있다는 사실을 알고 있다. 그렇지만 입을 다물고 있다. 어떤 사정일까? 전단지까지 돌린 것으로 보아 학평을 애타게 찾고 있었던 것은 분명해 보였다. 그런데 어떤 사정이 있기에 서재가 학평을 키우는 걸 알고 있음에도 되찾으려 하기는커녕 아는 내색조차 하지 않고 있었던 걸까. 역시 직접 물어보는 게 좋겠지?

할 이야기가 있어. 만나자.

서재는 용건만 깔끔하게 적은 문자를 보내고 등교했다. 그러나 캠퍼스에 도착할 때까지도 이강에게는 답장이 없었다. 오늘 강의가 없나? 그래서 늦잠을 자나? 서재는 반나절 동안 핸드폰을 손에 쥔 채 전전긍긍했다. 그러나 안달하던 시간이 무색하게 태연하게 교정을 걷고 있는 이강이 눈에 들어왔다. 문제의 메이퀸과 함께. 서재는 분노가 치밀었다. 여자에게 정신이 팔려 답장이 없었다니.

서재는 이강을 향해 빠르게 걸었다. 영화 속 한 장면처럼 이강 외에는 그 누구도 보이지 않았다. 당장 그에게 달려가 '학평을 버린 나쁜 놈'이라고 소리치고 싶었다. 그러나 그럴 수 없었다. 사실 그녀가 화가 난 것은 학평 때문이 아니라 이강이 다른 여자와 함께 있어서였으니까.

　　　　　　　　　　　　　　전생의 구남친들

거리가 좁혀질수록 메이퀸의 얼굴이 더욱 또렷하게 보였다. 그녀는 정말로 예뻤다. 타고난 아름다움은 물론이고 잘 관리한 여자의 매력이 빛을 발하고 있었다. 사랑받고 자란 사람 특유의 자신감 또한 발산하고 있었다. 서재는 잠시 움찔했다. 새삼 자신이 초라하게 느껴졌다.

"바보야, 맞을 뻔했잖아."

서재는 수안의 목소리를 듣고서야 자신을 스쳐 벽을 강하게 때리고 바닥으로 떨어진 공을 보았다. 수안은 서재의 상태를 대번에 파악하고 기가 막히다는 듯 웃었다.

"그런가 봐."

서재는 털썩 주저앉았다. 갑자기 다리에 힘이 풀렸다. 놀람보다는 혼란이 컸다. 마음의 준비도 없었는데 갑자기 수안과 마주치다니. 수안은 걱정스러운 얼굴로 그녀를 안아 일으키려고 했다. 그녀가 공 때문에 놀랐다고 여긴 모양이었다. 그의 두 팔이 그녀의 옆구리를 감싸자 매혹적인 향기가 풍겨 왔다. 서재는 잠시 황홀했다. 하마터면 그에게 진한 키스를 퍼부을 뻔했다. 이쯤 되면… 애정 결핍일까?

"강의 남아 있어?"

수안이 물었다.

"아니. 집에 가려고."

"차로 데려다줄까?"

수안의 말에 서재는 말없이 고개를 끄덕였다. 넘쳐나는 감정을 더 이상은 숨길 수가 없었다.

그가 그녀를 부축하며 걷자 여학생들의 시선이 두 사람에게 꽂혔다. 하지만 서재는 그런 것에 신경 쓸 여력이 없었다. 지금 서재의 관심을 오로지 수안에게 있었다.

차에 타면 먼저 그에게 키스할까, 널 좋아한다고 털어놓을까, 라는 생각도 잠시, 차 문이 닫히자마자 수안이 먼저 그녀를 당겨 안았다. 정신이 아득해지는 키스였다. 그의 입술이 달았다. 서재는 다시는 놓치지 않겠다는 듯 그를 꼭 끌어안았다. 그러자 안도감이 느껴졌다. 순간 이상한 기분이 들었다. 황홀함이 아니라 안도감이라니.

그의 손길은 섬세했지만 서재는 감각의 스위치가 내려간 듯했다. 마치 타인의 관계를 관망하는 것처럼 이성만 또렷할 뿐이었다. 이게 뭐지? 그토록 원했던 순간인데. 수안은 그 사실을 알지 못한 채 자세를 바꿔 더 가까이 다가왔다. 그 바람에 균형을 잃은 서재가 옆으로 쓰러지며 라디오 버튼을 누르고 말았다.

무상고 무상고 아제아제 바라아제···. 뜨거워야 할 로맨스
의 공간에 난데없이 불경이 난입했다. 서재는 참지 못하고 웃
음을 터뜨렸다. 이토록 날것의 현실이라니. 수안 역시 어이가
없는지 맥없이 운전석에 기대 폭소를 터뜨렸다. 둘은 한참을
웃었다.

서재는 흐르는 눈물을 닦았다. 처음에는 하도 웃어서 나는
눈물인 줄 알았다. 그런데 느껴지는 감정은 슬픔이었다. 서재
는 수안에게 들키고 싶지 않아 더 크게 웃었다.

"아이스크림 먹으러 갈래?"

서재가 물었다. 수안은 대답 대신 시동을 걸었다. 두 사람
이 탄 차가 매끄럽게 주차장을 빠져나갔다. 그 모습을 지켜보
는 한 사람이 있었지만 그녀는 끝내 그를 보지 못했다. 이강은
수안의 차가 시야에서 완전히 사라질 때까지 꼼짝도 하지 않
았다.

"넌 전생을 믿어?"

뜻밖이었다. 질문을 던진 쪽은 서재가 아니라 수안이었다.

"믿는 게 아니라… 그냥 알아."

서재는 솔직하게 대답했다.

"네가 아는 건 뭔데?"

"전생은 존재할 뿐만 아니라 반복돼. 형태가 바뀌고 이것저 것 뒤엉키기도 하지만."

서재는 뒤에 덧붙이려던 말을 아이스크림과 함께 녹여 버 렸다. '전생에 난 너를 죽도록 사랑했었어'라는 말을. 삼켜 버 린 말 대신 다른 질문이 필요했다.

"그런데 전생은 왜?"

"어제 영화를 봤거든. 전생의 사랑 뭐 그런 이야기."

"재미있었어?"

"아니. 지루하던데. 사실 100일을 넘기기도 힘든 게 연애인 데 1000년씩이나 지났으면 서로 놓아 줄 법도 하지 않나?"

서재는 입술 안쪽을 세게 깨물었다. 쓸데없는 소리를 늘어 놓지 않기를 잘했다고 생각했다. 심지어 그의 말에 공감했다.

그렇게 생각하면 모든 게 설명되었다. 수안과 헤어졌던 이 유도, 재회의 기쁨에 타오르다가 삽시간에 잦아든 수안에 대 한 열망까지도 말이다.

헤어지는 모든 인연에는 이유가 있었다. 한 세기 전, 수안과 그녀는 서로의 단점을 이겨 내지 못해 헤어졌다. '그럼에도 불구하고' 함께할 만큼 서로를 끌어당기는 힘이 강하지 못했다. 버텨 내지 못했다는 표현이 옳을지도 몰랐다. 어쨌거나 두 사람은 끝났다. 하지만 눈앞에 있는 수안은 이제 막 시작하는 인연으로 그녀를 바라보고 있을 것이 분명했다. 그렇다면 이 관계는 어떻게 가져가야 할까?

"그게 나라면 넌 어쩔래?"

서재가 물었다.

"뭘?"

"1000년 전에 사귀던 여자가 나라면 어쩔 거냐고?"

서재가 진지한 얼굴로 물어 오자 수안은 잠시 생각에 잠겼다가 입을 열었다.

"다시 사귀자고 하지 뭐."

수안은 다정하게 그녀를 바라보며 말을 이었다.

"이서재, 나랑 사귈래?"

서재는 순간 어지러웠다. 오래 기다려 온 말이었다. 그러나 심장이 뛰지 않았다. 이유는 알 수 없었지만 이 낭만적인 상황에서도 그녀의 감정은 차분하다 못해 냉기마저 돌았다. 수안의 키스를 기다렸고 그의 손길을 원했다. 그러나 정작 그 모든 것이 주어지자 그녀는 돌연 식어 버렸다. 솔직히 말해야 했다. 그러나 서재는 쉽게 말을 꺼내지 못했다. 이런 류의 말은 던지고 나면 돌이킬 수 없었다. 여기서 거절해 버리면 다시는 수안을 볼 수 없을지도 몰랐다.

"뭐 그런 얼굴을 해? 금방이라도 거절할 사람처럼."

"나중에 거절할까, 그럼?"

"뭐?"

"사실 이 순간을 기다렸었는데 막상 듣고 나니 잘 모르겠어."

"왜? 서이강 때문에?"

"뭐?"

서재는 수안의 입에서 나온 뜻밖의 이름에 깜짝 놀랐다. 이강이라니. 그의 입에서?

"너 서이강 좋아하잖아."

서재는 너무 놀라 숨 쉬는 것조차 잊었다. 수안이 이강을 안다는 점도 놀라웠지만, 정작 제 감정을 타인의 입을 통해 확인했다는 사실은 실로 충격적이었다.

"내가?"

"바보야, 너 진짜 몰랐어?"

수안은 마치 오랜 세월 알고 지낸 혈육처럼 그녀의 머리를 쓰다듬었다. 오로지 돌봄을 위한 손길이었다.

"넌 알았어?"

서재는 완전히 고장 난 녹음기처럼 같은 물음을 반복했다.

"당연히 알았지. 너라는 애는 5분만 들여다봐도 훤히 보여. 투명하잖아. 그리고…"

수안 역시 아까의 그녀처럼 마지막 말을 삼켰다. 서재는 궁금했다. 그가 하려던 말이 뭔지 꼭 듣고 싶었다.

"하려던 말 그냥 하면 안 돼? 오늘은 다 듣고 싶어."

한 마디 말도 소중했다. 1분 1초도 귀했다. 다시 놓쳐 버릴지도 몰랐다.

"내가 서이강한테 왜 주먹을 날렸는지 생각해 봐. 왜 무턱대고 남의 일에 끼어들었는지."

수안은 말을 던지고는 잠시 뜸을 들였다. 무표정하게 버티고 있는 그의 눈가가 이따금 무너졌다. 그 찰나의 균열에 그녀의 마음도 함께 주저앉았다.

"넌 항상 나 같았어. 나만 사랑하고 싶지만 남을 사랑해야 행복한 사람."

한숨처럼 고백이 터져 나왔다. 서재는 일순 멍해졌다. 그래서 그토록 애달팠을까? 너랑 내가 같아서?

임수안. 그의 이름은 언제나 그리움과 동의어였다. 여러 생을 반복하면서 함께했던 감각이 둔해질 때면 애착 인형처럼 아무 흔적이나 찾아 헤맸다. 어느 해 겨울에는 헤어진 날의 기억조차 그리워, 눈보라가 치는 거리를 세 시간이나 쏘다닌 적도 있었다. 칼바람이 뺨을 후려치는 통각을 빌려 이별하던 순간의 촉각을 되새겨 보기도 했다. 그가 낸 생채기가 아물어 가면 딱지를 떼어 피를 보는 격이었다. 그렇게라도 그를 떠올려야 살아 있는 기분이 들곤 했다. 나쁜 추억조차 사랑의 일부일까? 종종 품었던 의문이었다.

수안을 바라보았다. 뼛속까지 알고 있다 여겨 온 그가 완전히 다른 사람처럼 느껴졌다. 얼음으로 깎아 만든 것 같던 그의 얼굴도 생경했다. 그의 냉정함은 방패였다. 차갑게 굴지 않으면 스스로를 지킬 수 없는 약자였다. 이제 알았다. 그녀는 그와 같은 재질의 사람이었으니까.

오랜 비밀의 문이 낡아 빠진 열쇠 하나로 열리는 기분이었다.

"거짓말"

신음 대신 아무 말이나 새어 나왔다. 숨 쉬기 어려울 정도로 고통이 몰려 왔다. 상대가 너무 자신 같아서 사랑했고 너무 닮아 있어 힘겨웠던 것이다. 미워하면서도 놓지 못했고 사랑하면서도 엄격했다. 서재는 망연한 눈길로 그를 바라보았다. 수안을 놓을 수 있을까? 잡으면 행복할까? 혼란스러웠다. 그러나 이제 더는 물러설 수 없었다. 서재는 선택해야 했다. 이제 막 고백을 해 온 수안이거나, 이제 막 좋아한다는 사실을 깨달은 이강이거나.

"너에게 시간을 줄게. 대답은 사흘 뒤, 깔끔하게 예스 오어 노. 어때?"

서재는 말없이 고개를 끄덕였다. 알아봐야 할 것이 너무 많았다. 수안에 대한 감정이 과거의 잔상인지 함께할 미래인지, 이강에 대한 마음이 잠시 왔다가는 낭만적 파동인지, 수 세기의 고독을 끝낼 마침표인지 확인해야 했다.

6

그날의
주인공

서재는 학교 안을 무작정 배회하다가 수담호 앞에 멈춰 섰
다. 호수의 표면은 잔잔했지만 그녀의 마음속 물결은 끊임없
이 요동쳤다. 물속 깊은 곳에서 몸이 굳어 가던 기억에 몸서
리쳤다. 서재는 몸을 떨며 벤치에 주저앉았다. 잠시 등을 기댄
채 숨을 고르다가 고개를 들자 호수 건너편에 이강이 있었다.

오늘의 이강은 혼자였다. 메이퀸은 어디로 갔을까? 심통이
난 서재는 자리를 박차고 일어나서 그에게 향했다. 그러나 몇
걸음 가지 않아 멈춰 섰다. 수안의 말이 떠올랐다. '너 서이강
좋아하잖아.'

서재는 수안의 말을 곱씹으며 스스로의 마음을 돌아보았

다. 누군가를 선택하기 위한 과정이 아니라 엉킨 마음을 하나씩 풀어 내기 위한 수순이었다. 수안을 보내 주려면 정리가 필요했다. 이강을 좋아하는 게 아니라면 수안을 잡아야 한다는 종류의 마음은 아니었다. 다만 엉켜 버린 실타래를 풀고 싶었다. 모두가 소중한 사람들이었다. 그들에 대한 마음을 확인하는 일을 소홀히 하고 싶지 않았다.

서재는 다시 이강을 향해 걸음을 옮겼다. 자신의 감정을 직면하고 나니 더는 두렵지 않았다. 그가 앉아 있는 벤치는 그 자리에 놓인 지 족히 50년은 되어 보였다. 태어난 지 20년이 갓 지난 그는 그 낡은 의자에 앉아 출간한 지 두 달밖에 안 된 무아의 책을 읽고 있었다.

"또 같은 작가네?"

서재가 먼저 말을 걸었다.

"좋아하는 작가라서."

마음에 드는 대답이었다.

"그 작가를 왜 좋아해?"

"뭐라고 해야 할까. 마음이 연결되어 있는 것 같아서?"

뚱딴지같은 소리다. 자기가 뭐라고 나랑 마음이 연결되었다는 걸까. 다른 여자나 마음에 품고 있는 주제에.

　　　　　　　　　　　　　전생의 구남친들

"그리고 작가가 소설 속 남자들을 얼마나 사랑하는지 느껴져서."

이강의 말에 서재는 얼굴이 붉어졌다. 속마음을 들킨 기분이었다.

"그게 보여?"

"응."

이강의 눈빛은 단단했다.

"그들을 사랑하기 위해 작가가 얼마나 많은 상처를 이겨 냈는지 느껴진달까. 이 작가 책들을 보면 이루지 못한 사랑에 대한 갈증, 소유하지 못해 느끼는 애증, 온전히 다 사랑하고 난 뒤 찾아온 편안함 같은 게 느껴지더라."

순간 서재는 발가벗겨진 채로 이강 앞에 서 있는 기분이 들었다. 그녀 자신조차 자각하지 못했던 상실감과 욕망을 그에게 고스란히 읽혔다는 사실이 부끄러우면서도 든든했다. 그 누구에게도 이해받지 못했던 감정을 알아주는 사람을 만난다는 것은 대단한 행운이었다. 더군다나 서재처럼 전생의 연을 고스란히 떠안고 있는 경우에는 특히 그랬다. 서재는 저도 모르게 눈물이 쏟아졌다. 이유는 몰랐다. 그렇지만 한번 쏟아진 눈물은 멈출 줄을 몰랐다. 수 세기의 잔해가 한꺼번에 쏟아져 내리는 것처럼.

"무슨 일 있어?"

서재의 갑작스러운 눈물에 놀란 이강이 물었다.

"응. 좋은 일."

서재는 지금의 감정을 뭐라 표현할지 몰라 얼버무렸다. 울음을 멈추려고 했지만 그치지 않았다. 현달과 영호를 보내며 터뜨리지 못했던 감정이 꾸역꾸역 밀려 올라왔다. 수안까지 정리해야 한다는 사실을 받아들인 뒤에야 쏟아진 눈물이었다. 오랜 미련을 떨궈 내는 일은 생살을 도려내는 것만큼 고통스러웠다.

서재는 큰 수술을 마친 후 마취가 풀린 사람처럼 울었다. 마음은 아직 그들을 부여잡고 있는데 이성의 힘으로 잘라 낸 기분이었다. 왜 보내야 하는지 모두 설명할 수는 없었다. 다만 심장이 먼저 알고 있었다.

이강은 잠시 당황한 얼굴로 바라보다가 조용히 서재를 끌어안았다. 그의 품은 따뜻했다. 서재는 그의 셔츠가 흠뻑 젖도록 펑펑 울었다.

"그거 알아?"

어깨를 빌려 주고 있는 이강이 입을 열었다.

"너한테서는 특별한 향이 나."

"...?"

"하루 종일 햇살을 받은 나무 냄새 같기도 하고. 뭐랄까, 여름밤에 사과나무를 끌어안고 있는 것 같달까."

순간 서재의 울음이 멎었다. 놀랄 수밖에 없었다. 반복되는 생에서 그녀의 체취를 맡을 수 있었던 것은 그녀 자신이 죽도록 사랑하던 그들뿐이었다. 그들 모두 그녀에게서 사과나무 향이 난다고 했다. 그런데 어떤 연결 고리도 없던 이강이 그녀의 체취를 느끼고 있었다. 어쩌면 이번 생이 내게 준 답은 이강인 걸까?

서재는 멍한 눈길로 이강을 바라보았다. 그러자 이강이 웃으며 그녀 뺨의 눈물을 닦아 주었다.

"메이퀸이랑 사귈 거야?"

"신경 쓰였어?"

"엄청."

"그 친구는 과거일 뿐이야."

"거짓말. 며칠 전까지 같이 돌아다녀 놓고 무슨 과거야?"

서재는 금세 대놓고 응석을 부렸다.

"진짜 마음이 뭔지 확인할 시간이 필요했어. 그리고 내 마음이 뭔지 정확하게 알게 되었어."

　이강은 다음 말을 하려 했지만 서재는 듣지 않았다. 말보다
선명한 방식으로 지금 이 감정을 확인하고 싶었다. 서재는 이
강에게 입을 맞추었다. 그가 준비한 말은 그녀가 예상한 것과
다른 것이었을지도 모른다. 그러나 서로에 대한 마음은 꼭 말
로 알 수 있는 것이 아니다. 찰나의 눈빛, 그리고 지금과 같이
따뜻한 입맞춤이면 충분하니까.

　서재는 비장한 얼굴로 학평의 몸에 하네스를 걸었다. 걷고
싶었지만 혼자는 싫었다. 이럴 때 학평이 곁에 있어서 다행이
었다. 과거의 연인을 잘라낸 슬픔과 새로운 인연과의 키스는
감정적 괴리가 컸다. 감당할 수 없는 슬픔과 예측하지 못한 설
렘 사이를 오가자니 정신이 혼미해질 지경이었다.

　한강 산책로는 여느 때보다 한산했다. 끝없이 이어진 길을
따라 그녀의 생각도 꼬리에 꼬리를 물었다. 사랑은 감정의 영
역임에도 그녀의 선택은 지나치게 이성적이고 어쩌면 폭력적
이었다.

모자란 이를 지우는 일종의 소거법.

너와 너를 자로 재어 모자란 이를 보낸 것이 잘한 일인지 의심스러웠다. 그러나 이 모든 것은 '그들을 위해' 그녀의 마음을 정리하느라 벌어진 일이었다. 설령 아픈 결과일지언정 후회는 없었다.

"어?"

손에 쥔 하네스가 헐거웠다. 정신을 차리고 보니 학평이 사라졌다.

"학평아!"

서재는 정신없이 주위를 살폈다. 저 멀리 강변 언저리에 서 있는 학평은 뭔가를 찾는 듯 킁킁거리고 있었다. 아차 하는 순간 학평이 물속으로 뛰어들었다. 첨벙! 서재는 얼어붙은 듯 발이 떨어지지 않았다. 도와 달라 소리쳐야 하는데 목구멍까지 얼어붙었는지 아무 소리도 낼 수 없었다. 그때였다. 또 한번 마찰음이 들렸다. 첨벙! 이번에는 이강이 뛰어들었다. 학평을 향해.

허겁지겁 달려온 서재는 발을 동동 구르며 이강이 떠오르기를 기다렸다. 그러나 모습을 드러낸 이강은 허우적대더니 다시 가라앉기 시작했다. 그가 수영을 하지 못한다는 걸 떠올린 것은 딱 그때였다. 이제 망설일 틈이 없었다. 첨벙! 서재는 강물에 몸을 던졌다.

이강은 애초에 수영을 할 줄 몰랐다. 그런데도 학평을 구하겠다고 깊은 강에 뛰어들다니. 서재에게 잘 보이려 그랬다는 착각 따위는 하지 않았다. 이강은 오직 생명을 구하기 위해 뛰어들었다. 설명하지 않아도 알 수 있었다. 그에게 학평은 단순한 개 한 마리가 아니었다. 지켜야 할 연이 있는 무언가였다. 그래야 말이 된다. 이강과 학평이 구면이라는 사실이 그의 용기에 흠이 될 수는 없었다. 다른 생명을 구하기 위해 제 생을 기꺼이 던지는 용기는 사랑을 아는 이들의 전유물이었다. 그는 그런 남자였다. 서재는 그를 구하고 싶었다.

다행히 서재는 수영을 잘했다. 전생을 기억하는 자의 강점이라면 무엇이 인생에 유용한지, 살아남기 위해서는 어떤 기술을 연마해야 하는지 알고 있다는 것이었다. 그녀의 빼어난 수영 실력은 경험의 수혜 중 하나였다.

강물 속은 춥고 어두웠다. 이강은 어디에 있을까? 서재는 다급해졌다. 이강의 따뜻한 온기가 간절했다. 그를 찾지 못하면 숨이 멎을 것 같았다. 그러나 수심이 깊어질수록 서재 또한 생과 사의 경계가 흐려졌다. 수안의 웃음이, 현달의 목소리가,

영호의 손길이 나타났다가 사라졌다. 심장이 찢어지는 듯했다. 발에 쥐가 나기 시작했다. 갑자기 수안이 그리웠다. 현달도, 영호도 보고 싶었다. 서재는 그들 모두를 감싸안았다.

그 순간 거짓말처럼 이강이 서재의 품으로 들어왔다. 그는 학평을 안은 채였다. 이강은 상상 속의 그들보다 차가웠지만 존재만으로 충분히 따뜻했다. 서재는 그를 놓치지 않으려 꼭 끌어안았다. 그러자 이제껏 엉켜 있던 감정이 거짓말처럼 풀리면서 오직 한 사람만 보였다. 서이강. 터질 것 같은 그에 대한 열망만이 이성과 감정을 모두 지배했다.

'이번 생은 너 하나면 충분해.'

서재는 이 말만 수없이 되뇌며 힘겹게 뭍으로 헤엄쳐 갔다. 그러는 동안 전생의 기억들이 체로 걸러지고 있었다. 사건의 잔상만 남고, 감정은 거의 다 빠져나가 희미해졌다. 서재는 그 변화를 온몸으로 느끼며 이강을 힘껏 껴안았다. 그의 체온이 식을까 조바심이 났다. 의식이 흐려지는 와중에도 이강은 결코 학평을 놓지 않았다.

뭍으로 올라오자마자 서재는 이강을 바닥에 눕히고 인공호흡을 하며 그가 깨어나길 기다렸다. 그의 가슴이 미세하게 달싹였다. 살아 있다. 서재는 간절함을 담아 손바닥으로 이강의 심장을 눌러 댔다. 다행히 그는 몇 번이고 물을 토해 내더니 서서히 정신을 차리기 시작했다. 그의 의식이 완전히 돌아올 때까지 서재는 그의 젖은 머리카락을 쓸어 넘기고, 차가운 뺨을 문지르며 온기를 불어넣었다.

"이서재, 너 울어?"

그는 미처 눈을 다 뜨기도 전에 서재부터 챙겼다. 죽을 뻔한 주제에 남의 눈물부터 챙기다니. 대책 없는 그의 다정함에 방울져 떨어지던 눈물이 폭포수처럼 쏟아졌다.

"멍청아, 그렇게 뛰어들면 어떡해. 너 수영 못한다면서."

서재는 그제야 소리 내어 울었다. 그가 죽을까 봐 무서웠다. 좋아한다는 말도 하지 못했는데 사라질까 봐 겁이 났다. 멍청이. 바보.

"서재야, 사실 나, 너한테 고백할 게 있어."

이강은 힘겹게 숨을 고르는 와중에도 차분히 서재의 눈물을 닦아 주었다.

"말해."

서재는 울음을 삼키며 그의 눈을 바라보았다.

"학평이, 사실 내 강아지였어."

추위 때문일까, 긴장 탓일까? 진실을 털어놓는 그의 입술이

전생의 구남친들

가만히 떨렸다. 서재는 안심하라는 듯 그의 손을 꼭 쥐었다. 어느 정도 예상한 일이었지만 막상 이강의 입을 통해 들으니 마음이 가벼워졌다. 그가 정직한 사람이라는 사실에 안도감이 들었다.

"무슨 사연이 있었는지 듣고 싶어. 최대한 자세하게. 그렇지만 일단 병원부터 가자."

서재는 그의 젖은 몸을 따뜻하게 감싸안았다. 어떤 이야기라도 듣고 싶었다. 그와 관련된 이야기라면 뭐든지. 이강은 추위에 몸을 떨면서도 학평의 젖은 털을 닦아 주느라 여념이 없었다. 서재는 그런 이강의 머리카락을 매만지며 깨달았다. 이번 생, 그녀가 꼭 지켜야 할 사람은 이 남자라는 걸. 그에게 어떤 이야기를 듣더라도 놀라지 않을 자신이 있었다.

다른 기억은 흐렸다. 그저 쏟아지는 빗줄기만 선명한 밤이었다. 이강은 걷고 있었다. 정확히는, 찾고 있었다. 고작 반년 사귄 여자친구에게 살아 있는 생명을 선물하다니. 정말 경솔했다. 그녀를 사랑했기에 다 안다고 믿었다. 도아는 귀여운 걸 좋아했다. 그래서 강아지를 선물하면 잘 키울 줄 알았다. 그 어리석은 착각으로 인해 고향 집 백구가 낳은 새끼 강아지를 그녀에게 안겨 주었다. 거대한 실수였다.

한 시간 전 이강이 이별을 통보하자 도아는 '반드시 상처를 주겠다'고 악을 썼다. 그녀는 보란 듯이 강아지를 버리고는 뒤쫓으려는 이강을 막아서며 울었다. 그사이 강아지는 흔적도 없이 사라졌다. 폭우가 쏟아지는 밤에. 걸음마를 겨우 뗀 강아지에게는 가혹한 날씨였다.

이강은 강아지를 찾아 미친 듯이 헤맸다. 이런 빗속에서 혼자 버티는 것은 분명 무리였다. 조급함에 걸음이 점점 빨라졌다. 도로를 가로지르고 언덕을 거슬러 올랐다. 숨이 가빠 올 때쯤 이강은 걸음을 멈추었다. 후미진 골목에 들어서자 작은 그림자가 보였다. 낑낑대는 울음. 분명 강아지였다. 그러나 다가갈 수 없었다. 복슬거리는 생명체는 누군가에게 안겨 있었다. 뜻밖에도 아는 얼굴이었다. 이서재. 아마 그녀의 이름이 맞을 것이다.

이강은 말을 걸까 싶어 한 걸음을 뗐다. 그러나 강아지를 바라보는 그녀의 눈빛이 너무 애틋했다. 젖은 털을 자신이 입고 있는 후드티로 닦아 주는 그녀의 손길이 바빴다. 간절해 보였다. 털을 닦고 끌어안기를 반복하며 작은 생명에게 온기를 불어넣는 그녀를 이강은 한참이나 바라보았다.

어느 정도 물기가 마르자 그녀의 얼굴에 안도감이 비쳤다. 강아지를 찾아 헤메던 것은 이강인데, 마치 그녀가 잃어 버린 무언가를 되찾은 사람 같았다. 사랑을 사람으로 빚는다면 그 날 밤의 서재가 바로 그 형상일 거라는 생각이 들었다.

이강이 서재를 알아본 것은 학부 오리엔테이션에서의 해프닝 때문이었다. 행사를 진행하던 진행자가 무작위로 그녀를 뽑아 무대에 세웠고, 서재는 난생처음 들어 보는 기묘한 노래를 불러 댔다. 음치라는 말만으로는 부족했다. 음정과 박자가 모두 무시되어 원곡을 알 수 없는 지경에 이르렀지만 듣기에는 나쁘지 않았던 그날의 노래는 신입생 사이에서 가장 핫한 이슈로 퍼졌다.

촬영된 영상은 SNS에서 10만 뷰를 기록하며 유명세를 떨치기도 했다. 하지만 오가며 마주치는 서재에게는 타인의 수군댐 따위 신경 쓰지 않는 당당함이 있었다. 그렇게 이강은 짧은 시간 동안 그녀에게서 엉뚱함과 당당함을 동시에 발견한 셈이었다.

학교 게시판에 그녀의 이름이 '이서재'라는 정보가 올라왔고, SNS에서는 곱슬곱슬한 머리칼을 특징 삼아 그녀를 '시니컬'이라는 별명으로 불렀다. 타인의 시선에 기죽지 않는 도도한 표정 덕분에 달라붙은 별명이기도 했다. 그런 그녀가, 다른 그녀가 버린 강아지를 더없이 따뜻하게 품고 있었다. 폭포수같이 쏟아지는 빗물에도 아랑곳없이.

그날 이후 이강의 시선은 자연스레 그녀를 따라갔다. 강아지의 안부가 궁금했고 그녀의 안부는 더 궁금했다. 서재가 데려간 그 아이가 자신이 잃어 버린 강아지라 밝히고 싶었지만 괜한 수작을 거는 것처럼 보일까 싶어 망설이기를 반복했다.

이강은 강아지와 산책하는 그녀와 종종 마주쳤다. 그때마다 그녀는 영감님을 볶아대는 할머니처럼 강아지에게 잔소리하곤 했다. 이강은 그녀의 엉뚱함에 피식 웃다가도 이내 웃음을 지웠다. 강아지를 어떻게 할지 마음을 정해야 했다. 그런데 언제부턴가 강아지를 찾아오는 일이 서재와 학평 둘 모두를 위해 바람직하지 않다는 합리화가 시작되었다. 오가며 마주친 둘은 매번 즐거워 보였고 이강은 그 행복을 빼앗고 싶지 않았다. 학평이 그녀 옆에 있는 게 더 낫지 않을까 하는 생각도 들었다.

서재를 관찰하는 동안 그녀에 대한 호감은 눈덩이처럼 부풀었다. 이강은 어떤 식으로든 부딪쳐야겠다고 결심했다. 말을 섞다 보면 학평에 대한 정리도 쉬워질 것 같았다. 그러던 중 이강에게 뜻밖의 기회가 날아들었다. 날아들었다는 말이 무색하지 않게 그녀가 그의 우산 속으로 뛰어든 것이다.

그날 아침 그는 실연의 아픔 따위는 잊고 기분 전환을 하고 싶었다. 닥치는 대로 문화 정보를 뒤지다가 좋아하는 작가의 전시와 관심 있던 브랜드의 패션쇼가 한 공간에서 열린다는 사실을 알게 되었다. 저녁에 공연하는 뮤지컬은 썩 내키지 않았지만 같이 묶어서 예매하면 할인이 적용된다기에 그렇게 했다. 사실 공연까지 볼 마음은 없었지만 뮤지컬을 보지 않더라도 패키지 상품의 할인율을 감안하면 금전적으로 이득을 보는 셈이니 망설일 이유가 없었다.

그러다 데미안 허스트의 전시장 입구에서 서재를 발견한 순간, 이강의 일정은 모조리 흔들렸다. 말을 걸어 볼까 고민했지만 그럴 수 없었다. 그녀는 무언가에 몰입해 있었고 이강은 그런 그녀를 방해하고 싶지 않았다. 집중한 상태에서 들어오는 타인의 관심은 불쾌한 기분을 불러일으키기 마련이니까.

본의 아니게 인형탈을 뒤집어쓴 그녀를 도와주기는 했다. 거대한 인형탈에게서 탈출하려 애쓰는 서재의 모습을 보고

만 있을 수는 없었다. 솔직히 말하면 귀여웠다. 그녀는 어디에 정신이 팔려 있었는지 도와준 사람의 존재조차 눈치채지 못했다. 이강은 그런 서재가 마음에 들었다. 무언가에 몰입할 수 있는 사람. 그런 사람은 언제나 근사했으니까.

이강은 그녀에게 말을 거는 대신 숨은 면모를 발견한 걸로 만족하겠다 마음먹었다. 그 이상의 관심은 두고 싶지 않았다. 이제 막 누군가와의 연애를 끝낸 참이었다. 식어 버린 마음의 잔열이 아직 남아 있었다. 그 온기를 함부로 다루고 싶지 않았다. 이강은 그렇게 하루를 정리하고 집으로 돌아가려 우산을 펼쳤다. 그런데 거짓말처럼 그녀가 날아들었다.

"그러니까 메이퀸이 학평이를 버렸다는 거구나."

서재가 이강으로부터 학평의 이야기를 듣게 된 것은 그가 병원에서 퇴원하고 사흘 뒤의 일이었다. 그의 얼굴에는 아직 채우지 못한 체력의 공백이 고스란히 드러났다.

"메이퀸? 도아를 그렇게 부르는구나."

이강은 자신이 사랑했던 여자의 별명이 낯설다는 듯 되뇌

전생의 구남친들

었다. 서재는 이강이 메이퀸의 이름을 부르는 게 듣기 싫었다. 저렇게 다정하게 부르다니. 그녀는 학평을 버렸다. 생명을 함부로 대하는 여자는 이강에게 이름이 불릴 자격이 없었다.

"학평이를 찾았을 때 왜 나한테 말 안 했어?"

서재가 물었다.

"끼어들 수 없었어."

"끼어든다고?"

"이상한 말로 들릴 수 있는데, 너랑 학평이 사이에 들어갈 수가 없더라. 걔를 보는 네 눈빛이 너무 깊었어."

그는 미안해했지만 서재는 사실대로 말할 수 없는 것이 마음에 찔렸다. 하마터면 학평이 전남편이라고 털어놓을 뻔했다.

"학평이 보러 갈래?"

서재가 제안했다. 이강과 학평 모두를 기쁘게 해 주고 싶었다.

"네가 허락한다면."

이강의 대답에 두 사람은 그녀의 집으로 향했다. 서재의 집은 학교 근처에 있는 작은 마당이 딸린 2층 단독주택이었다. 협소하지만 작은 마당이 있어 학평에게는 최상의 거주 조건이었다. 현관 앞에서 이강이 주춤했다.

"들어가도 되는 거지?"

혼자 사는 여자 집에 들어간다는 게 조심스러운 모양이었다.

"내가 초대한 거잖아. 들어와."

담담한 척 말했지만 서재의 마음도 요동치기는 마찬가지였다. 다른 의도가 있어 그를 데려온 것은 아니었다. 조금 전까지만 해도 순수하게 학평을 보여 주고 싶은 마음뿐이었다. 만약 학평이 원한다면 이강에게 보낼 마음도 있었다. 그러나 막상 이강과 단둘이 집 안으로 들어서자 기분이 묘했다. 머릿속에서 로맨틱한 상상이 끊이지 않았다. 그러나 그녀의 달콤한 청사진은 얼마 못 가 와장창 깨지고 말았다.

"이학평 너!"

집 안의 모든 화분이 파헤쳐져 있었다. 흙은 바닥으로 쏟아졌고, 잎사귀는 처참하게 뜯겨 나갔다. 서재는 재빨리 마누엘을 확인했다.

"어떡해! 뿌리까지 다쳤어. 너 일부러 그랬지?"

서재는 학평에게 버럭 화를 냈다. 처음에는 잘 지내는가 싶더니 언제부턴가 학평은 유난히 마누엘에게 심통을 부렸다. 멀쩡한 가지를 꺾으려 하거나 잎을 뜯어 놓곤 했다. 그때마다 서재는 학평이 마누엘과 자신의 관계를 눈치챈 게 아닐까 하는 '비합리적인 의심'을 했다. 그런데 오늘 다친 마누엘을 보

전생의 구남친들

니 그 의심은 확신에 가까워졌다.

"올리브나무네. 내가 좀 봐도 될까?"

이강의 목소리에는 걱정과 확신이 배어 있었다. 생명을 염려하는 마음과 살필 수 있다는 자신감이 그의 매력을 배가시켰다. 서재는 뿌듯하고 사랑스러운 눈길로 그를 바라보았다.

이강은 올리브나무를 들어 올려 상처가 난 뿌리를 조심스레 잘라 내고 잔뿌리까지 정리하고서 다시 화분에 잘 심었다. 그러고 난 후에는 능숙한 손길로 학평을 얼러 주었다. 사고를 친 주제에 어리광을 피우며 이강에게 안겨 있는 학평을 보고 서재는 화가 치밀었다.

그러나 이내 마음을 가라앉혔다. 분명 학평의 잘못이긴 했지만 그는 어린 강아지에 불과했다. 단순한 장난일지도 모를 일을 자신이 너무 과하게 받아들인 것 같았다. 그 와중에 두 명의 전남편을 보살피고 다독이는 이강의 모습을 보자니 서재는 미안한 마음이 들었다.

한편 서재는 이강에게서 새로운 매력을 발견했다. 그에게서는 누구한테서도 본 적 없는 건강하고 순수한 아름다움이 뿜어져 나오고 있었다. 서재는 그의 손목을 잡고 말했다.

"소매 걷어 줄게. 흙 묻었어."

서재는 그의 셔츠 소매를 접어 올리기 시작했다. 그러자 핏줄이 도드라진 탄탄한 팔뚝이 드러났다. 잔근육이 아름답게 자리 잡은 그의 팔뚝은 흡사 '그들의' 베이스노트를 뿜어 내는 고목의 굵은 가지와 같았다.

서재는 근육질의 두 팔을 얌전히 내밀고 있는 이강이 너무나 사랑스러웠다.

"너랑 키스하고 싶어."

이강은 조심스럽지만 분명하게 말했다. 서재는 그의 얼굴을 빤히 바라보았다. 그는 귓불이 빨개지면서도 그녀의 시선을 피하지 않았다. 그녀를 원하는 그의 마음은 제주 어느 해변가의 바닷물처럼 투명했다. 그녀의 마음속에서도 파도가 쉼 없이 일렁이고 있었다.

서재는 더 이상 참을 수 없어 그의 눈가에 살짝 입을 맞추고는 가만히 웃었다. 이어 상기된 두 뺨에 입을 맞추고 나서 그와 눈을 맞추었다. 그리고 귓가에 속삭였다.

"난 다른 게 하고 싶은데."

순간 그의 입술에서 더운 숨이 새어 나왔다. 서재는 그를 끌어안았다. 따뜻해진 그의 몸에서 익숙한 베이스노트가 풍겨 나왔다. 이상한 일이었다. 원래 이강에게는 그들의 향기가 없었는데? 전에 없던 변화가 묘한 감흥을 불러일으켰다. 그녀와 사랑을 주고받은 이들의 표식이 그에게 자리 잡았다는 사실이 그와 그녀의 운명을 확신하게 했다. 서재는 너무 기뻐 다시 그의 입술에 입을 맞추었다. 빨갛게 달아오른 그의 얼굴이 귀여웠다.

"놀랐어?"

서재는 그의 귓불에 입을 맞추며 물었다. 목을 끌어안은 채로 눈을 맞추며 웃어 보이자 그는 수줍게 고개를 끄덕였다.

"바보. 괜찮아."

서재는 가만히 이강의 품에 안겼다. 다시금 강하게 풍겨 오는 그의 향기에 정신이 아득해졌다. 사랑하던 이들에게 스며 있던 향기는 그녀와의 교감으로 인해 발향되어 왔던 걸까? 손을 그의 심장에 올리자 야생의 풀 냄새가 났다. 그의 탑노트일까? 궁금해진 서재는 그의 몸 구석구석을 탐닉했다. 밀착된 두 사람 사이의 공기가 뜨겁게 달궈졌다.

"네가 세상에서 제일 좋아."

뜨거운 숨을 토해 내며 그녀가 고백했다. 이강은 이번 생의 첫 남자였다.

♡♥♡

이강은 서재의 집에서 오후를 보내고 해 질 무렵이 되어서야 돌아갈 채비를 했다. 배웅하려던 서재는 문득 현관에 놓인 그의 신발을 보고 눈이 커졌다. 분명 서재의 사물함에서 사라진 운동화였다.

"이거… 네 신발이야?"

서재는 '네가 이 운동화를 가져간 도둑놈이야?'라고 묻고 싶은 걸 간신히 참았다. 만감이 교차했다. 이제 막 마음을 연 사람이 그런 사람일 리 없다고 믿고 싶었다.

"당연하지. 오늘 너 만났을 때도 신고 있었잖아."

서재의 머릿속이 복잡해진 걸 알 리 없는 이강은 말간 얼굴로 그녀를 바라보았다.

"너 혹시 내가 한 고해성사 들었어?"

"응."

그는 숨기지 않고 솔직하게 당시의 상황을 되짚었다.

"사실 나도 고해성사를 할 일이 있었거든. 아마 너랑 비슷한 마음이었을 거야. 어차피 신부님도 신은 아니잖아. 다른 사람이 내 이야기를 듣는 게 싫어서 일부러 늦은 시간에 성당을

찾아갔어. 내가 말을 시작하려는데 네가 반대편 칸에 들이닥
쳤고, 기척을 할 새도 없이 고백이 쏟아졌어. 내가 알은체하면
네가 민망할까 봐 조용히 나왔지."

이강은 잠시 망설인 뒤 말을 이었다.

"그리고 학교에서 네가 사물함에 내 운동화를 넣는 걸 봤
어. 가서 말을 할까 말까 고민하는 사이 그대로 가 버리더라."

"운동화는 어떻게 꺼낸 거야? 사물함 비밀번호를 어떻게
알았어?"

"비밀번호? 그날 너는 아예 문을 닫지도 않았어. 그래서 내
가 메모 남기고 문을 닫았는데, 내 메모 못 봤어?"

순간 서재는 말문이 막혔다.

"메모?"

"내 신발이니까 내가 가져간다고. 그리고 고해소 일은 잊어
버리라고."

이강의 말을 믿지 못하는 것은 아니지만 서재는 눈으로 직
접 확인하지 않으면 안 되는 성격이었다. 서재는 그런 자신에
대해 그에게 설명하고 함께 학교로 향했다. 이강의 말대로 그
녀의 사물함 구석에 그가 쓴 메모가 처박혀 있었다. '내 신발
은 가져갈게. 그리고 그날 들은 이야기는 잊을게. 신경 쓰지

마. 서이강'

메모를 읽는 동안 서재는 하필이면 이제 막 사랑하기 시작한 남자가 자신의 과거를 모두 알고 있다는 사실에 절망감을 느꼈다. 그리고 그 와중에도 그의 단정한 필체에 가슴이 설렜다.

"임수안이 그렇게 좋아?"

"그랬었어."

"하현달이 지금도 그립고?"

"그리웠었고."

"이영호는?"

"질투하는 거야?"

이강은 서재의 머리를 자신의 어깨로 끌어당겼다.

"그랬었어. 그런데 지금은 아니야."

"계속 질투해 줘. 억울해."

"뭐가?"

"너랑 메이퀸이 함께 다닐 때마다 질투했었단 말이야."

서재의 솔직한 고백에 이강은 소리 내어 웃었다. 두 사람은 손을 맞잡고 교정을 걸었다.

"그날 넌 고해소에서 무슨 말을 하려고 했어?"

서재는 결국 궁금증을 참지 못했다.

"그냥 정리가 필요했어. 도아랑 헤어진 지 얼마 안 되었잖아. 널 좋아하는 게 옳은 일인지, 정말 그 애를 잊은 게 맞는 건지. 학평이는 너한테 맡겨 두고 모른 척하는 게 괜찮은 건지."

그는 솔직했다. 서재는 고개를 돌리고 그를 바라보았다. 이 강의 등 뒤로 햇살이 쏟아졌다. 하지만 그가 더 빛났다. 새로운 사랑이 눈부셨다.

"그런데 네 고백을 듣는 동안 내 생각이 정리되더라. 뭐든지 솔직한 게 좋다고 생각했어. 더 이상 도아를 좋아하지 않는다는 것도, 학평이에 대한 진실도, 그리고 무엇보다 널 좋아하는 마음을 숨기지 말아야겠다는 생각이 들었어."

"용감해졌네."

서재는 그가 기특해서 까치발을 하고는 머리를 쓰다듬었다. 그는 허리를 낮춰 그 손길을 얌전히 받아 주었다. 청명하고 아름다운 오후였다.

수안에게는 사흘 뒤에 답하기로 약속했지만, 두 사람의 만남은 그보다 열 밤이나 더 지나고서야 이루어졌다. 수안의 상황이 좋지 못했다. 그의 집안에 뭔가 사건이 발생했던 것이다. 워낙 유명한 집안인 만큼 여러 소문이 돌았지만 서재는 묻지 않았다.

예스? 노?

그의 상황이 나아졌을까 궁금하던 참에 문자가 왔다. 답을 해야 할 순간이었다. 어쩌면 그는 지금 사랑하는 사람에게 위로받아야 할 상황에 처했을지도 몰랐다. 그에게 상처가 생겼다면 보듬어 주고 싶었다. 하지만 그건 옳지 않았다. 그녀는 이번 생의 반려인으로 이강을 선택했다. 섣부른 위로는 수안을 혼란스럽게 할 뿐이었다.

서재는 그를 보내기로 굳게 다짐했다. 그러나 정작 수안과 마주 앉아 거절의 말을 하려니 도저히 입이 떨어지지 않았다. 그녀는 커피가 식을 때까지 말문을 열지 못했다.

"그럴 거면 아이스로 시키지. 바보냐?"

그의 농담이 침묵을 깼다. 코끝이 찡했다. 역시 답을 알고 있었구나. 그 와중에도 자신보다 그녀의 마음을 먼저 살피는 배려에 마음이 아파 왔다.

"응. 난 바보가 맞아."

왜냐하면 널 잡지 않을 거니까. 목구멍 안에 갇힌 말에 숨이 막혔다.

"거절도 못 하는 바보."

그의 눈길이 그녀의 뺨에 닿았다. 그의 손길이 그녀의 눈물을 거두었다. 그의 엄지에는 눈물이, 그녀의 뺨에는 온기가 남았다. 다시는 느끼지 못할 그의 체온이.

"어떻게 알았어?"

얼빠진 말이었지만 이게 최선이었다.

"전에도 말했지만 넌 나 같거든."

그의 말이 다시금 서재의 폐부를 찔렀다. 그녀와 수안은 서로 닮았다. 서재가 그에게서 도망치고 싶어 하면서도 이상하게 끌려드는 것은 수안이 그녀 자신처럼 느껴져서였다.

"난 널 정말 모르겠어."

한숨처럼 한마디 던져 놓고 서재는 고개를 떨구었다. 그의 눈을 바라보면 또다시 속내를 들킬 것 같았다. 하지만 지금의 흔들림은 썰물이었다. 작별의 순간에 헷갈리게 하고 싶지 않았다.

"그건 네가 바보라서 그렇지."

"만날 어린애 취급."

서재의 투정에 수안이 싱긋 웃으며 그녀의 머리를 쓰다듬었다. 짧은 교감이었지만 강한 전율이 오고 갔다. 이성적 기운은 아니었다. 영원한 안녕의 감지였다.

그날 이후 서재와 이강은 연인으로 거듭났다. 누구에게 알리지도 숨기지도 않았다. 두 사람은 오로지 상대에게 집중했고 그 어느 때보다 열렬히 사랑했다. 서재의 얼굴은 기쁨으로 빛났다. 매일의 행복이 매 순간의 표정에 일기장처럼 남아 있었다.

그런 나날 속에서 서재는 수안과 스치거나 현달과 엇갈리거나 영호를 목격했다. 가책이나 궁금함이 일기는 했지만 후회하거나 미련이 남지는 않았다. 그들이 온전한 행복을 누리기를, 전생의 어느 날보다 더 충만한 삶을 살기를 바랐다.

그렇게 사계절이 한 바퀴 돌고, 서재와 이강은 함께 영국에 교환학생으로 가게 되었다. 두 사람은 지금과는 다른 하늘 아래, 지금과는 다른 결의 삶을 살아가게 될 터였다. 새로운 언어, 익숙하지 않은 거리, 낯선 날씨와 부딪치며 둘만의 일상을 차곡차곡 쌓아 갈 미래가 기다리고 있었다.

모든 것이 순조롭고 즐거웠다. 그러나 한편으로는 공허했다. 이제 정말 전생의 연인들과는 작별이라는 사실을 받아들여야 했으니까. 상실감이라는 표현은 부족했다. 한때 온 마음을 다해 사랑했던 존재와의 이별은 그녀의 일부를 떼어 낸 것처럼 아팠다. 순수한 통증이었다.

과거, 그들과 작별할 때마다 그녀는 다음 생에서 꼭 다시 만나게 해 달라고 간절히 기도했었다. 그리고 그 바람을 이루었다. 비록 여러 생을 거치고 나서야 가능했지만 말이다. 그렇게 그들을 다시 만나고서야 깨달았다. 재회를 향한 간절함이야말로 우리가 나눌 수 있었던 가장 아름다운 방식의 작별 의식이었음을.

그들과 다시 만난 것은 큰 행운이었다. 그들과의 재회를 통해 서재는 더 이상 지나간 시간에 미련을 갖지 않게 되었다. 그리고 온전히 지금 이 순간을, 현재를 사랑하는 힘을 얻었다. 이제는 이번 생에 만난 값진 인연, 이강을 열렬히 사랑할 차례였다. 그러나 그녀만의 작별 인사는 제대로 하고 싶었다.

서재는 그들을 위한 선물을 준비했다. 얼굴을 마주 볼 용기는 없어 학교 사물함이 위치한 곳으로 향했다. 복도의 코너, 햇빛이 비스듬히 들어오는 곳. 수안의 사물함 앞에 서자 손이 떨렸다. 서재는 가방에서 작은 스노우볼을 꺼냈다. 그 안에서 하얀 눈이 소리 없이 내리고 있었다. 수안의 삶을 흔들어 놓는 모든 것들이 그 눈송이처럼 차분히 가라앉길 바랐다. 메모를 남길까 말까 고민했지만 결국 펜을 들지 않았다. 전생에서, 그리고 현생에서도 이미 충분히 말했으니까. 서재는 선물만 얼른 넣고 문을 닫았다.

다음으로 현달을 위한 선물은 작은 손거울이었다. 서재는 언젠가는 그가 제 얼굴을 제대로 볼 수 있기를 바랐다. 사물함 문을 닫기 전 마음속으로 현달에게 응원을 보냈다. 마지막은 영호의 차례였다. 서재는 직접 뜬 빨간색 목도리를 그의 사물함에 넣었다. 영호는 언제나 그녀를 따뜻하게 감싸 주던 남자였다. 그러니 한 번쯤은 그녀가 그에게 따뜻함을 선물하고 싶었다.

철컥. 마지막 사물함의 문이 닫혔다. 전생과 현생을 잇는 통로가 닫히는 것처럼. 심장이 덜컥 내려앉았다. 모두와의 이별이 이제 정말로 실감이 났다. 서재는 자리를 떠나지 못하고 닫힌 철문에 손바닥을 댔다. 마치 그들 모두의 심장에 손을 얹은 느낌이 들었다. 눈을 감았다. 모두의 마음이 느껴졌다. 이제야 그들이 다시 나타난 이유를 알 것 같았다. 다시 사랑하기 위해

전생의 구남친들

서가 아니라 다시 사랑하는 법을 알려 주기 위해서였다. 그들과 함께하는 동안 나만 사랑하며 살겠다는 철없는 선언이 얼마나 바보 같은 것인지 깨달았다.

세 개의 사물함을 등 뒤에 둔 채 서재는 그곳을 떠났다. 이제 정말 안녕. 다시는 너희들과 만나지 않을 거야. 서재는 모두에게 작별을 고하고 자신의 사물함이 있는 곳으로 갔다. 그리고 마음을 비워 내듯 사물함을 깨끗이 비웠다. 때마침 전화가 울렸다.

"뭐 하는 중이야?"

이강이었다.

"사물함 정리하는 중."

"잘됐다. 나 옆 건물에 있어. 지금 뛰어간다?"

"응. 기다릴게."

'기다릴게.' 일상적인 말인데 이상하게 뭉클했다. 사소한 행복의 가치가 새삼스러웠다. 그녀는 다시 사물함을 열고 이강과 함께 찍은 사진 한 장을 넣었다. 평범한 날씨, 흔한 벤치, 이강은 웃고 그녀는 그런 그를 흘긋 보는 짓궂은 일상의 한 컷. 이 한 장의 사진이 특별한 것은 소중한 사람과 누린 찰나의 시간이 담겨 있기 때문이다. 그녀는 그 빛나는 순간을 사물함에 남겨 두고 문을 잠갔다. 이제 돌아와서 채워 넣을 새로운 시간과 마주할 차례였다.

작별을 마치자 이강이 숨을 몰아쉬며 다가왔다. 단숨에 달려온 게 분명했다. 그를 보며 서재는 사랑의 단순한 속성을 깨달았다. 매 순간 자신의 감정을 숨김없이 보여 주는 것. 그것이면 족했다. 오로지 서재를 빨리 보고 싶다는 열망 하나로 달려온 지금의 이강처럼.

서재는 가슴이 벅차 와 그의 손을 잡았다. 그의 손가락이 손바닥을 감싸는 순간 그녀는 과거의 온기들이 사라졌다는 걸 깨달았다. 수안의 숨결도, 현달의 목소리도, 영호의 미소도 없었다. 오직 이강의 체온만이 그녀를 따뜻하게 채워 갈 뿐이었다.

"어? 비 온다."

서재의 말이 떨어지기 무섭게 이강이 우산을 펼쳤다. 투명한 우산 너머 보이는 이강의 분주함이 사랑스러웠다. 그는 그녀의 손에 우산을 쥐여 주고는 자신의 우산도 펼쳤다.

"그거 알아? 오늘 비 온다고 해서 제일 좋은 우산을 가져왔어."

이강의 들뜬 목소리에 서재는 짓궂게 응수했다.

"제일 좋은 우산이 비닐 우산이야?"

"당연하지. 투명해야 네 얼굴이 잘 보이잖아."

별거 아닌 말. 그래서 더 설렜다. 이런 일상이 어떤 힘을 갖는지 서재는 잘 알고 있었다. 가슴이 벅찼다. 행복했다.

"바보. 같이 쓰면 되잖아."

서재는 미소를 지으며 그의 우산 속으로 파고들었다. 이강의 심장이 방망이질 쳤다. 서재의 심장 역시 같은 리듬으로 요동쳤다. 두 사람은 그 소리에 맞춰 같은 걸음으로 걸었다.

"여기도 이제 안녕이네."

학교 잔디밭을 지나며 이강이 말했다.

"그때 여기서 너 되게 귀여웠는데."

이강의 말을 무심히 넘기려던 서재는 갑자기 의아해졌다. 이강과는 이 잔디밭에서 시간을 보낸 적이 없었다.

"난 너랑 여기 있던 적 없는데? 혹시 메이퀸이랑 착각하는 거 아니야?"

그녀의 이름을 입에 올리기는 싫었다. 메이퀸이라는 별명도 마음에 들지 않았지만 이름을 부르는 것은 더욱 싫었다.

"무슨 소리야 이서재. 너 여기서 나한테 키스했잖아."

그의 말에 서재는 우뚝 멈춰 섰다. 함께했던 기억이 없는데 키스 같은 걸 했을 리 없었다. 하지만 이강이 거짓말을 할 리도 없었다. 그렇다면 결론은 하나였다.

"너 기억 못 하는구나? 바보."

이강은 반신반의했다며 소리 내어 웃었다.

"그럼… 그날 키스했던 게 너야?"

"응."

"경찰서에 데려다준 것도 너고?"

"응. 그때 그 술 냄새가 아직도 입안에 남아 있는 기분이야."

이강은 그녀를 놀리는 데 재미가 붙은 모양이었다. 서재의
얼굴이 삽시간에 붉어졌다. 이 아이에게 어디서부터 어디까
지 추태를 부린 걸까.

"왜 말 안 했어?"

서재는 창피함에 고개를 들 수 없었다.

"민망할까 봐?"

이강은 싱긋 웃고는 그녀의 어깨를 감싸안았다.

서재는 그간 궁금했던 걸 하나씩 캐물었고 이강은 그날의
일을 속속들이 되짚어 주었다. 세상에서 그렇게 큰 소리로 자
신의 이별을 떠들어 대는 여자도 처음이었고, 누군가를 그토
록 사랑한다고 외치는 사람도 처음 보았다고. 좋아했던 남자
의 이름을 스무 개쯤은 말한 것 같다고도 덧붙였다. 당연했다.

내가 전생에 사귄 남자가 얼마나 많았는데.

"그런데 왜 나 좋아해?"

서재가 퉁명스레 물었다. 진짜 심술이 났다기보다 민망함의 발현이었다.

"경력직이라서?"

이강은 싱거운 농담을 하고는 그녀의 뺨을 살짝 꼬집었다. 그리고 그날 밤 서재의 술주정을 흉내 내며 놀려 대기 시작했다. '넌 절대 못 믿을걸? 난 전생을 기억해…' 서재는 그런 그를 흘겨보다가 터지는 웃음을 참지 못했다. 순간 가슴 깊은 곳에서 벅찬 감정이 일었다. 날것 그대로의 행복, 온전히 현재의 사랑에 집중할 수 있는 지금에 감사했다. 이전에 사랑하던 이들의 숨소리, 체온, 살냄새는 어느 순간 희미하게 스러졌다. 그 대신 지금 품에 안은 이의 심장 소리, 온기, 체취가 그녀의 삶을 채워 가고 있었다.

'난 그냥 나만 사랑할 거야.' 철없던 투정이 전생의 기억만큼 멀어졌다. 돌이켜 보면 누구도 사랑하지 않겠다고 선언한 순간 모두가 돌아왔다. 우연이 아니었다. 현재의 사랑을 포기하지 않도록 과거가 작별하러 온 것이었다. 이번에는 제대로 하라고.

"난 너만 사랑할 거야."

서재는 가만히 이강의 귓가에 속삭였다. 그에게서 백단나무 향이 났다. 이제 과거는 없었다. 오직, 지금 이 순간만이 있을 뿐. 그리고 더 이상 '나만 사랑해 줘'라며 매달리지 않아도 되었다. 서이강을 사랑하는 일이 곧 나를 사랑하는 일이 되어 버렸으니까.

에필로그 1

한국대학교 잔디밭 광장에서는 1년에 한 번씩 열리는 도서전이 한창이었다. 수안은 눈으로 책등을 훑으며 걷다가 걸음을 멈추었다. '무아'라는 제목이 그의 시선을 붙잡았다. 작가 이름도 '이무아'였다. 자기 이름을 제목으로 쓴 소설이라… 호기심에 책장을 넘기던 그는 어느 페이지에서 손을 멈추었다.

"날 꼬셔 봐."

"네?"

"나를 꼬셔 보라고."

"대놓고 자기를 꼬셔 보라니. 미친놈이네."

수안은 혼잣말을 중얼댔다. 그런데 공교롭게도 주인공의 이름이 자신과 같은 수안이었다. 그는 어쩐지 묘한 기분이 들었다. 책의 내용은 이랬다. 자신과 같은 이름의 주인공은 연극 감독으로, 무대에 설 배우가 다쳐 곤란에 처한 상황이었다. 그때 관객에 불과했던 또 다른 주인공 무아가 자신이 대역을 하겠다고 나선 것이다. 말하자면 이 장면은 수안이 배우로서 그녀의 자질을 확인하는 상황인 모양이었다.

수안은 자리에 선 채로 책을 읽다가 급기야 쪼그려 앉아 이야기에 빠져들었다. 그는 소설 속 수안이 무아와 함께 공연을 무대에 올리고, 신인에 불과했던 그녀를 어엿한 배우로 키워 나가는 과정을 따라갔다. 그러면서 무아에게 응원을 보내기도 하고, 어린 나이에 홀로 서야 하는 그녀를 연민하기도 했다. 그리고 소설 속 수안이 무아를 지켜 준다는 명목으로 더 나은 배경의 여자를 선택하는 부분에서는 분노를 느꼈다. 그저 소설의 주인공일 뿐이었지만 수안이 마음에 들지 않았다.

"삼류소설에 시간을 빼앗기다니."

수안은 격한 감정의 동요를 애써 부정하며 책을 덮었다. 그러나 책 뒤표지에 적힌 글이 다시 그를 붙잡았다.

전생의 구남친들

"침향나무에 세균이 침투하면 기적이 일어나. 나무가 제 몸에 난 상처를 돌보려 나뭇진을 만들어 내는데 그때 뿜어져 나오는 향기가 아주 매혹적이거든. 재미있는 건, 상처받지 않은 침향나무에서는 어떤 향기도 나지 않는다는 거야. 그래서 난 상처받아도 사랑하고 싶어. 원없이 사랑하면서 나만의 향기를 만들어 가고 싶어."

수안은 알 수 없는 기시감에 다시 책을 펼쳤다. 문제의 글은 《무아》의 두 주인공이 무대에 올렸던 연극의 대사였다. 순간 수안은 자신이 중요한 무언가를 잃어 버린 것 같은 기분에 휩싸였다.

같은 시각 광장의 맞은편에서는 현달이 매대를 맡고 있었다. 도서전을 준비한 학생회의 일원으로 나온 참이었다. 그는 책들을 정리하다가 언젠가 서재와 읽었던 《춘화춘몽》을 발견했다. 현달은 주머니에 손을 넣었다. 사물함 안에서 발견한 거울이 손끝에 느껴졌다. 그는 거울을 꺼내 자신의 얼굴을 비춰 보았다.

"잘났네, 하현달."

짧막한 메모 한 장 남기지 않았지만 그는 그 물건을 서재가 두고 간 거라 짐작했다. 왜 그녀가 떠났는지 알 것 같았다. 아마 《춘화춘몽》을 읽지 않았다면 끝내 몰랐을 것이다. 만약 이 서재 그 아이가 소설 속 무아와 같은 가치관의 소유자였다면 자격지심이 있는 남자는 질색할 것이 분명했다.

어쨌거나 그녀가 거울을 준 것은 자존감을 높이라는 의미일 것이다. 그 덕분일까. 스스로에 대한 확신이 조금씩 생기고 있다. 교수의 프로젝트 제안도 선뜻 받아들이고, 이전 같았으면 피했을 일들도 정면으로 맞서고 있다.

거울을 보며 생각에 잠겼던 현달은 맞은편 부스에서 책을 읽고 있는 한 남자를 발견했다. 수안이었다. 현달은 인상을 찌푸렸다. 단체 미팅에서 서재를 데리고 나간 놈. 정확히는 서재가 그를 잡아끌었지만, 어차피 공정하고 싶지 않은 관계였다. 그러나 따지고 보면 그 역시 그녀에게 차였으니 심기가 불편할 일도 없었다. 어찌 보면 동지랄까.

"책 읽어요? 그런 거 안 하게 생겼는데."

현달은 가볍게 수안에게 말을 걸었다. 수안은 당황한 눈길로 현달을 보더니 책을 제자리에 놓고 자리를 떠나려 했다.

"세상에, 울었어요? 그거 로맨스 같은데. 취향 특이하시네."

수안이 인상을 쓰자 현달은 장난스레 그의 어깨를 툭 쳤다.

"우리 셋, 패자끼리 술 한잔 안 할래요? 그때 같이 미팅했던 영호가 학교 앞 술집에서 아르바이트하는데.”

처음에는 싫다고 거절했지만 결국 수안은 못 이기는 척 현달의 제안에 응했다. 그러나 서재 말고는 딱히 유대가 없는 세 사람의 술자리는 어색하기만 했다.

“여기서 이서재 소식 아는 사람?”

현달이 결국 먼저 입을 뗐다.

“SNS에 매일 사진 올라오던데? 그 자식이랑 있는 거.”

수안이 심드렁하게 말했다. 그가 말하는 그 자식은 이강이었다.

“아하, 아직 못 잊었구나. 지켜보고 있었네.”

이번에는 영호가 수안을 놀려 댔다. 현달은 이를 칭찬하듯 영호와 하이파이브를 했다. 수안이 정색하자 두 사람은 앞다퉈 술잔에 맥주를 채워 주며 그를 달랬다.

그들은 한동안 서재의 이야기를 했다. 각자 기억하는 그녀가 다르기는 했지만, 묘하게 마음이 하나로 모아지는 지점이 있었다. 셋 모두 어쩐지 그녀가 운명의 상대인 것 같다고 느꼈다는 것이었다. 평소 그들답지 않은 낭만적 발상에 기인한 결과였다. 그렇게 그들이 술잔을 기울이는 사이 서재의 SNS에 새로운 게시물이 올라왔다. 서재와 이강이 유럽 여행을 시작했다는 소식이었다.

♡♥♡

서재는 여행을 즐기는 성격은 아니었다. 새로운 풍경보다
는 좋아하는 사람과 보내는 시간을 귀하게 여기는 편이었다.
어떤 생에서는 하루도 쉬지 않고 세계 곳곳을 누빈 적도 있었
다. 그 생의 그녀는 평생 누구도 사랑하지 않았다. 사실 빠져
들 만한 상대가 없던 생도 허다했다. 고독한 삶이었다. 숱한
삶을 거쳐 왔지만 일생을 걸 만한 상대는 귀했다. 그리고 지
금, 그 아픈 손가락들이 한국에 있다. 귀국이 며칠 남지 않은
시점에서야 서재는 새삼 그들의 안부가 궁금해졌다.

"잠깐 저기 들려 볼래?"

서재는 애착 인형처럼 이강의 팔에 매달린 채 물었다. 그가
좋았다. 함께한다는 자체가 선물 같은 사람이었다. 전생의 어
느 시절에도 이런 사람과 여행하는 행운을 누린 적은 단 한
번도 없다는 깨달음에 더욱 그의 존재가 소중하게 다가왔다.

"성당에?"

"응."

"왜? 또 고백할 게 있어서?"

이강의 뼈 있는 농담에 서재는 슬쩍 눈을 흘기고는 웃었다. 그러나 이곳은 오직 한 사람과의 추억이 있는 곳이었다. 이제 이강과의 추억이 더해지겠지만.

"다녀와."

함께 걷던 이강이 멈춰 섰다.

"같이 안 가?"

"혼자 가고 싶을 것 같아서."

이강이 싱긋 웃어 보였다. 그의 말에 서재는 고개를 끄덕였다. 이강과 학평의 공통점이 있다면 말하지 않아도 그녀가 원하는 걸 기막히게 알아챈다는 사실이었다. 물론 학평은 강아지가 되어서야 그 재능을 터득하긴 했지만. 함께 살던 시절에는 눈치라고는 없는 남자였다.

서재가 모퉁이를 돌아 사라지자 이강은 잠시 홀로 서성였다. 그러다 심심해진 그는 반대로 돌았다. 고작 담벼락 하나 사이인데 바깥과는 전혀 다른 공기가 그를 감쌌다. 성전은 사람을 무장해제시키는 힘이 있었다. 그날 밤처럼 말이다. 이강은 고해소를 발견하고는 슬쩍 안을 들여다보았다. 공간은 비어 있었다. 안으로 들어가 문을 닫았다. 좁고 고요한 공간에 앉자 새삼 서재와의 인연이 운명처럼 느껴졌다.

임수안, 하현달, 이영호…. 서재가 사랑했다던 남자들의 이름이 그의 머릿속에 떠올랐다. 이학평, 마누엘까지 손가락으로 세어 보니 한 손으로 모자랐다. 뒤이어 네 명 정도 더 떠오르자 이강은 결국 웃음이 터졌다. 발가락으로까지 세야 하나? 하는 농담에 가까운 생각과 함께 발이 운동화 뒤축에서 빠져나올 때쯤, 그 황당한 고백의 순간이 떠올라 또 한 번 웃음이 터졌다.

그사이 서재는 혼자서 본당 안으로 들어갔다. 여기저기 변한 곳도 있었지만 서재가 기억하는 모습과 크게 다르지 않았다. 특별히 차이가 있다면 예전에 왔을 때보다 작게 느껴진다는 것이었다. 결혼식의 무게감이 공간을 거대하게 만들었던 걸까? 서재는 마누엘과의 그날을 떠올렸다. 단정한 예복, 단출한 하객들, 소박한 음식, 흥겨운 음악. 지금 눈앞에 펼쳐져 있는 듯 생생한 기억이었다.

서재는 가족과 친구들이 앉아 있던 곳을 지나 평생의 사랑을 맹세했던 자리 앞에 멈춰 섰다. 그날의 약속은 지켜졌다. 그녀와 마누엘은 서로만을 바라보았다. 하지만 더 이상 서재의 손에 반지는 없었다. 인기척에 고개를 돌려 보니 어느새 본당 안으로 들어온 이강이 서재가 있는 쪽으로 걸어오고 있었다.

전생의 구남친들

"한국에 가고 싶어."

이강의 걸음 소리가 가까워지자 서재가 말했다.

"좋아."

이강은 대답과 함께 서재의 왼손을 잡았다. 서재는 영문을 몰라 그를 바라보았다. 낯선 감촉이 그녀의 손가락을 에워쌌다. 손으로 시선을 돌린 서재는 자신의 손가락을 타고 올라오는 영롱한 물체에 매료되었다. 이강이 조심스레 그녀의 약지에 반지를 끼워 주고 있었다. 순간 창문 너머에서 종소리가 울려 퍼졌다. 때마침 본당 지붕 위의 종이 미사 시간을 알리는 모양이었다.

"어디든 같이 가자."

담백한 그의 고백이 종소리와 함께 그녀의 귓가에 맴돌았다. 서재가 놀란 심장을 다독이는 사이 이강의 따뜻한 손이 반지를 낀 그녀의 손가락을 가만히 감싸 쥐었다. 서재는 빛나는 반지를 바라보다가 다시 그에게로 시선을 돌렸다. 그의 눈빛에는 일말의 흔들림도 없었다. 그는 그저 맑은 눈에 자신을 바라보는 그녀를 담아 낼 뿐이었다.

"그래. 같이 가자. 어디든."

서재가 웃으며 답했다. 비로소 과거가 아닌 현재의 사랑이 시작되는 순간이었다.

에필로그 2

그녀가 모르는 사실이 있다. 자신이 전생의 연인을 어떻게 기억할 수 있었던 건지. 그리고 지난 생의 배우자가 어떻게 다시 반려동물과 반려식물로 태어나 그녀와의 생을 누릴 수 있었는지도 말이다.

전생의 사랑을 기억할 수 있는 비결은 단순하다. 사랑에는 에너지가 있다. 그 에너지가 강렬하면 죽어도 흔적이 남는다. 그녀의 경우 시작은 현달이었다. 목숨을 던져서라도 그를 구해 내고 싶었던 절박함은 그녀의 생을 태우다가 차가운 호수에서 꺼져 가는 순간까지도 남아 있었던 것이다. 그녀의 영혼에 불멸의 에너지가 각인되는 순간이었다. 누구에게나 가능

　　　　　　　　　　　　　전생의 구남친들

한 일은 아니지만, 간절함이 현실을 뛰어넘을 때 기억은 생을 건너뛰어 지속된다. 그녀와 나의 경우처럼.

그리고 동물이나 식물로 다시 태어나 지난 생의 배우자와 함께할 수 있는 방법 역시 간단하다. 오직 한 사람만 사랑하면 된다. 그녀가 매번 인간으로 태어난 걸 보면 아직도 마음을 결정하지 못한 모양이었다.

내가 그녀를 처음 만난 것은 노을이 물들기 시작한 어느 늦은 오후였다. 산책길에서 그녀를 보았다. 그녀는 거센 바람에 원피스 자락이 펄럭이는데도 아무런 미동 없이 풍경을 보고 서 있었다. 얼굴은 보이지 않았지만 자태만으로도 충분히 근사했다.

나는 마치 무언가에 홀린 듯 그녀에게 다가갔다. 허리까지 내려오는 검은 곱슬머리, 하얀 얼굴, 오똑한 코, 붉은 입술, 그리고 그 모든 것을 도화지 삼아 빛나던 검은 눈동자. 신비롭고 매혹적인 존재였다.

그녀가 돌아보자 나는 스페인의 날씨 이야기를 꺼냈다. 겨울이 지났으니 반짝 봄을 누리고 나면 습한 여름이 찾아올 거라는 평범한 말들이었다. 말주변이 없는 나는 금세 화제가 떨어졌고 뭐라도 해야겠다 싶어 이렇게 말했다.

"동양인은 처음이야."

그러자 그녀가 소리 내어 웃었다.

"촌스럽기는."

그녀의 말에 얼굴이 화끈거렸다. 노을이 아니었더라면 부끄러움에 달아났을지도 몰랐다. 그러나 그녀는 한 마디를 더 얹었다.

"난 동양인이 아니라 지구인이야."

순간 난 사랑에 빠졌다. 이 신비로운 지구인을 평생토록 행복하게 해 주겠다고 맹세했다. 그리고 그 맹세를 지켰다. 물론 그녀는 쉽지 않은 여자였다. 그러나 그만한 가치가 있는 사람이었다. 엉뚱했지만 사려깊었다. 열정적이었지만 신중했다. 자유를 원했지만 책임감이 있었다. 뜨거운 감정과 차가운 이성을 조율할 줄 아는 배우자였다.

나는 그녀를 사랑했다. 그리고 운이 좋게도 그녀의 목숨을 살리고 떠날 수 있었다. 그녀를 향해 돌진하던 차를 대신 막았던 그 마지막 순간조차 나는 기뻤다. 나를 안고서 오열하는 그녀의 눈물이 식어 가는 뺨을 적셨다. 흡사 비가 얼굴을 적시는 기분에 평온해졌다. 바르셀로나에서는 비가 귀했으니까. 그녀의 눈물을 달게 맞으며 다시 환생하더라도 오직 그녀만을 사랑하겠다고 다짐했다.

　나는 그런 결심을 한 이가 나 마누엘 하나뿐인 줄 알았다. 그런데 학평 이 녀석도 나와 같은 존재였다. 그 사실을 알고 얼마나 기가 찼는지. 심지어 나는 화분에 묶인 몸인데 녀석은 자유롭게 집 안을 활보하며 그녀에게 잘 보이려고 꼬리를 쳐 댔다. 함께 산책을 나가는 것은 물론이고 침대에서 잠도 같이 잤다. 억울했다. 하지만 괜찮다. 학평 그 녀석보다는 내가 훨씬 오랜 시간 그녀와 함께 살 거니까. 만일 그녀가 이번 주에도 나에게 물 주는 걸 잊지만 않는다면 말이다.

전생의 구남친들

초판 1쇄 인쇄 2026년 3월 9일
초판 1쇄 발행 2026년 3월 18일

지은이   설이언

총괄   김명래
책임편집   김명래
디자인   어나더페이퍼
책임마케팅 최혜령, 박지수, 도우리, 양지환
마케팅   콘텐츠IP사업본부
해외사업   한승빈, 박고은
경영지원   백선희, 권영환, 이기경, 최민선, 강아현
제작   제이오

펴낸이   서현동
펴낸곳   ㈜오팬하우스
출판등록   2024년 5월 16일 제2024-000141호
주소   서울특별시 강남구 테헤란로 419, 11층 (삼성동, 강남파이낸스플라자)
이메일   info@ofh.co.kr

ⓒ 설이언 2026

ISBN   979-11-7577-212-0 (03810)

한끼는 ㈜오팬하우스의 출판브랜드입니다.

· 이 책은 저작권법에 따라 보호받는 저작물이므로 무단전재와 무단복제를 금지하며, 이 책 내용의 전부
  또는 일부를 이용하려면 반드시 저작권자와 ㈜오팬하우스의 서면동의를 받아야 합니다.
· 책값은 뒤표지에 표시되어 있습니다.
· 잘못된 책은 구입하신 서점에서 바꿔드립니다.